Lynda Dion écrit des livres sans pudeur dans lesquels elle aborde des sujets qui poussent au dévoilement. Sa vie est partagée entre l'écriture, l'enseignement et l'étude de l'objet littéraire. En plus de *Grosse*, elle a fait paraître chez Hamac *La Dévorante*, *La Maîtresse* et *Monstera deliciosa*.

GROSSE

De la même auteure chez le même éditeur

Monstera deliciosa, roman, 2015

La Maîtresse, roman, 2013

La Dévorante, roman, 2011

Lynda Dion

Grosse

roman

H
hamac

Direction littéraire : Éric Simard
Révision : Aimée Lévesque
Correction éditoriale : Marie-Michèle Rheault
Mise en pages : Pierre-Louis Cauchon
Conception de la couverture : Francesco Gualdi
Photo de la couverture : Lou Scamble

Si vous désirez être tenu au courant
des publications de HAMAC,
vous pouvez nous écrire par courrier,
par courriel à info@hamac.qc.ca
ou consulter notre catalogue sur Internet :
www.hamac.qc.ca

© Les éditions du Septentrion
835, av. Turnbull
Québec (Québec)
G1R 2X4

Diffusion au Canada :
Diffusion Dimedia
539, boul. Lebeau
Montréal (Québec)
H4N 1S2

Dépôt légal :
Bibliothèque et Archives
nationales du Québec, 2018
ISBN papier : 978-2-89448-919-2
ISBN PDF : 978-2-89448-298-8
ISBN EPUB : 978-2-89448-299-5

Ventes en Europe :
Distribution du Nouveau Monde
30, rue Gay-Lussac
75005 Paris

Hamac est une division des éditions du Septentrion.

Nous remercions le Conseil des Arts du Canada et la Société de développement des entreprises culturelles du Québec (SODEC) pour le soutien accordé à notre programme d'édition, ainsi que le gouvernement du Québec pour son Programme de crédit d'impôt pour l'édition de livres.

Financé par le gouvernement du Canada | Canadä

*à Irène Gagnon
et à toi,
Michel-Henri Goyette*

Au lecteur

C'est ici un livre de bonne foi, lecteur. Il t'avertit, dès l'entrée, que je ne m'y suis proposé aucune fin, que domestique et privée. Je n'y ai eu nulle considération de ton service, ni de ma gloire. Mes forces ne sont pas capables d'un tel dessein. Je l'ai voué à la commodité particulière de mes parents et amis : à ce que m'ayant perdu (ce qu'ils ont à faire bientôt) ils y puissent retrouver aucuns traits de mes conditions et humeurs, et que par ce moyen ils nourrissent, plus entière et plus vive, la connaissance qu'ils ont eue de moi. Si c'eût été pour rechercher la faveur du monde, je me fusse mieux paré et me présenterais en une marche étudiée. Je veux qu'on m'y voie en ma façon simple, naturelle et ordinaire, sans contention et artifice : car c'est moi que je peins. Mes défauts s'y liront au vif, et ma forme naïve, autant que la révérence publique me l'a permis. Que si j'eusse été entre ces nations qu'on dit vivre encore sous la douce liberté des premières lois de nature, je t'assure que je m'y fusse très volontiers peint tout entier, et tout nu. Ainsi, lecteur, je suis moi-même la matière de mon livre : ce n'est pas raison que tu emploies ton loisir en un sujet si frivole et si vain. Adieu donc.

De Montaigne, ce 12 de juin 1580.
Michel de Montaigne, *Essais*

J'ai baissé les bras. Je me suis laissé tomber. Je me suis quittée comme on quitte quelqu'un d'autre. C'était plus facile comme ça, de continuer à vivre, de poursuivre ma route en me prenant pour une autre. À chacun sa façon de se sortir de la merde.

Nelly Arcan, *Paradis clef en main*

J'avais un couteau de boucherie appuyé sur le ventre quand j'ai compris qu'il fallait que je fasse quelque chose.

J'ai toujours tenu un journal les mots écrits ont le pouvoir d'empêcher la dissolution lente de la vie ils sont le plus sûr moyen de ne pas perdre ma trace je sème des mots où que j'aille à toute heure du jour

écrire pour cristalliser le moment présent en extraire la sensation la compréhension déjouer le temps demain dans quelques jours quelques mois des années plus tard me relire démêler les fils au besoin

ce jour-là du couteau j'ai compris que c'était une question de vie ou de mort

j'avais cessé d'écrire depuis des mois
plus rien ne voulait sortir

j'empilais et je m'empiffrais.

Du plus loin que je me souvienne j'ai toujours été grosse pas un peu ronde ou en chair mais *grosse*

dans ma perception du moins

mes proches avaient beau chercher à amoindrir la réalité *ben voyons t'es juste un peu grasssette* aucun euphémisme n'a jamais eu le pouvoir de transformer mon apparence non plus la vision que j'avais de moi

j'étais assez grosse pour mériter le quolibet lancé dans mon dos

cette année-là de mes 26 ans après avoir suivi une dizaine de régimes j'ai pris la première décision importante de ma vie l'ère des privations était terminée maigrir était la meilleure façon d'engraisser à perpétuité je venais de comprendre l'essentiel et je refusais cette condamnation ma faim menaçait de m'avaler j'engouffrais tout ce que je pouvais en cachette de moi

je me sentais comme un paquet de viande saignante une pièce de bœuf étranglée avec un gros cordon sur un comptoir de boucher

sans les mots pour me tenir à flot pour ne pas couler au fond j'étais emmurée vivante il n'y avait qu'une solution

me vider de ma chair faire sortir le pus me trancher la peau du ventre trouver une manière d'en finir

avec la douleur
c'est comme ça que c'est arrivé.

On dit qu'une image vaut mille mots

j'ai commencé sans réfléchir sans me questionner dans un état proche du sommeil un premier dessin avec du fusain sur de grandes feuilles blanches me salir les mains étaler du noir l'estomper avec un doigt

lentement des formes des personnages sont apparus une femme surdimensionnée au ventre proéminent une ville minuscule sous ses pieds une colline puis des hommes de tout petits hommes apeurés s'enfuyant j'ai marché dans les pas de la géante sans me retourner je l'ai suivie jusque-là

à deux pas d'un précipice
avec la sensation du couteau sur mon ventre

ce dessin le quatrième de la série présentait une scène en train de se jouer dans le réel la femme esquissée grossièrement comme sur des gribouillis d'enfants n'était pas qu'un dessin c'était mon autoportrait

une histoire impossible à écrire.

Quand les mots sont revenus j'ai encadré les pages manquantes du journal les ai exposées quelque temps avant de les faire disparaître au fond d'un placard je n'ai pas eu à fouiller longtemps pour les retrouver

le temps a passé les dessins sont devant moi

j'observe m'attarde multiplie les angles cherche les mots qui couvent j'écris avec de la cendre un texte dont je ne connais pas l'issue

j'ai donné un nom à chacun des dessins il y en a huit c'est le chiffre de la perfection de l'équilibre et de l'ordre cosmique le symbole de la vie nouvelle et de la résurrection la cohérence de la création en mouvement

c'est un récit qui se répète

trente ans plus tard la peau du ventre s'est épaissie
les deux mains soudées au manche de bois je sens
toujours la lame froide affilée j'appuie de toutes
mes forces pour me vidanger

devenir *boucher* extirper mes organes noyés dans
la graisse tout reprendre depuis le début observer
le détail des formes l'épaisseur du trait ses hésita-
tions son imprécision

détailler le grain du dessin sa substance corrosive.

Engraissement

Premier dessin j'apparais de face éclaboussée par un éclairage jaune derrière une fenêtre suspendue dans le noir on ne voit que la partie haute de mon corps je n'ai pas de jambes je suis un tronc aux larges épaules je porte un gilet avec une encolure en V mes seins sont des traits des U évasés mon corps imposant et ma petite tête sont tranchés par un des barreaux de la fenêtre

mon regard halluciné et ma bouche fendue à la commissure droite déformée par l'horreur j'offre aux autres tapis dans l'ombre le portrait-robot d'une femme en fuite je suis une trace grossière une griffure

la craie de charbon a été traînée et frottée longtemps sur le papier afin de le couvrir d'une épaisse couche de noir

c'est la nuit le plein cœur d'un tunnel qui ne débouche nulle part pourtant les autres avancent en troupeau serré devant la fenêtre seule trouée de lumière dans les ténèbres

leur forme en apparence humaine ne présente aucun membre ni bras ni jambes sinon un cou longiligne un piquet reliant chacune de leurs têtes parfaitement rondes au reste de leurs corps dont on dirait qu'ils flottent comme des fantômes

ils sont là je sens leur présence l'étau se referme je ne bouge pas je fais la morte.

Sous la fenêtre des ombres immobiles dans l'obscurité je ne respire plus je ferme les yeux je vois

la cour de l'école Notre-Dame-du-Précieux-Sang à Duberger je suis en deuxième année du primaire entourée d'enfants comme moi plus jeunes ou plus vieux c'est la récréation

j'entends les bruits

ils ne sont pas différents de ceux qui s'échappent des abords de n'importe quelle cour d'école ça piaille ça s'amuse ça saute à la corde à danser ça joue au ballon ça crie ça se tient en groupes ça se moque ça insulte ça dit des gros mots ça blesse ça donne des coups ça se pousse dans les coins ça pleure ça gémit ça se terre dans le silence

regardez elle se prend pour un oiseau elle bat des ailes

j'ai oublié ce qui est à l'origine du spectacle que je suis en train de donner mes camarades se paient ma tête

la petite grosse va s'envoler c'est ça oui je vais disparaître m'alléger planer comme dans mes rêves je ne suis pas comme eux oh ça non je ne suis pas normale je l'ai entendu dire et ils ont raison je suis gloutonne je pense tout le temps à manger c'est plus fort que moi et il y a pire encore

ma faim ne se limite pas qu'à la nourriture

je voudrais tout prendre dans ma bouche la remplir avec n'importe quoi mon ventre est très très creux il digère à mesure c'est plein d'espace dedans

et ma tête est un gros ballon rempli d'hélium je pompe je pompe je pompe l'air de toutes mes forces quand je suis excitée c'est une manie un truc qui se produit chaque fois qu'une émotion m'étrangle j'agite les avant-bras à toute vitesse c'est comme une envie de pisser qui n'attend pas ça m'échappe je devrais avoir honte aller vite me cacher dans un trou un placard quelque chose ne va pas chez moi les autres ont vu ce qu'ils n'auraient pas dû voir je suis contente étouffée de joie cette fille folle qui bat des ailes c'est moi

je suis hors-la-norme et ce n'est pas une bonne idée.

Sous la fenêtre des ombres bougent dans l'obscurité leurs corps se balancent de gauche à droite je les entends chuchoter

la cour de l'école Saint-François-Xavier je suis en sixième année la grosse réplique quand on l'insulte elle se bat aussi

sitôt qu'on me pique avec un objet pointu j'éclate paf la fête est terminée je suis devenue la meneuse d'un groupe surnommé la gang de rejets je me suis défendue plus d'une fois ils savent que je vais les protéger

pas question de fuir ni de faire semblant qu'on n'a pas entendu qu'on n'a pas senti le coup par-derrière qu'on a trébuché toute seule j'ai appris à ne pas me laisser faire je rétorque et invective à mon tour mais surtout je déteste les pense-bonne les plus-que-parfaites qui ont tous les garçons à leurs fesses je voudrais les faire cuire dans une grande marmite après les avoir gavées

j'imagine la scène

elles sont enfermées derrière des barreaux au sous-sol de l'école je les nourris avec des tonnes de bonbons elles s'empiffrent en pleurant elles ont peur d'avoir des caries

j'ai entrepris de les rendre encore plus parfaites plus savoureuses chaque jour je tâte leurs bras en espérant qu'elles seront à point

un plat de choix à déguster lentement.

Dans les corridors de la polyvalente dans les escaliers qui mènent aux étages les vacheries que j'entends

as-tu vu son gros cul

un jour il y a un gars Dany je me souviens de son prénom il avait la cote auprès des filles je le trouvais plutôt ordinaire je devais l'avoir dans un ou deux de mes cours le genre de gars tout le temps défoncé j'étais à deux marches devant lui dans les escaliers quand il a jeté cette phrase dans mon dos des mots auxquels j'ai définitivement associé cette partie de mon corps

t'as vu la grosseur de ses mollets on dirait des billots

j'avais envie de tuer j'ai mordu l'intérieur de ma bouche j'ai serré les dents jusqu'à ce que ça fasse vraiment mal que ça goûte le sang j'ai continué à grimper les marches une à une en cherchant quoi dire quoi faire me retourner et lui donner une formidable poussée pour qu'il s'éclate le crâne sur le terrazzo hurler à mon tour une insulte le traiter de babouin qui pue

le problème c'est que je n'étais plus sûre de rien m'avait-il vraiment insultée n'était-ce pas plutôt un constat grossier

et s'il n'avait pas cherché à me blesser après tout ses propos s'adressaient à son ami

j'avais quand même entendu ou bien j'avais l'oreille trop fine les grosses développent généralement ce sens à l'extrême ou bien c'est une hypothèse qui tient la route il l'avait fait exprès

des deux hypothèses j'ai opté pour la seconde

qu'il ait voulu être méchant avec moi était soutenable j'avais l'habitude je possédais tout un arsenal pour me défendre en revanche l'idée qu'il ait lâché ce commentaire sans préméditation de manière bêtement spontanée devant l'horreur de la chose

une fille avec de si gros mollets

c'était pire que tout la vrille du marteau-piqueur en pleine poitrine je n'étais pas celle qu'on croyait j'étais prête à monter aux barricades quand on m'attaquait mais la perspective d'être perçue comme un corps à ce point dégoûtant était insupportable j'étais anéantie par la cruauté du constat incapable de réagir ou de me battre

je méritais ces mots

j'ai trouvé depuis une autre manière de faire pour éviter de me jeter en bas d'un pont toutes les fois qu'un imbécile me vomit dans les cheveux

je m'alourdis chaque jour davantage j'ajoute des couches d'indifférence j'érige un mur de protection la muraille du corps est devenue infranchissable je ne peux plus voir mes pieds à moins d'incliner le torse pour la peine c'est mauvais pour l'équilibre

quand même je suis encore capable de marcher j'avance à pas d'éléphant le feuillage tremble dans les arbres tout pour ne pas passer inaperçue ma *burka de chair* dérange elle est la marque ostensible de la démesure de la perte de contrôle c'est devenu ma religion je ne m'interdis plus rien je m'empiffre je bois

l'enfant bat des ailes regardez l'oiseau est dans sa cage le cœur bat à tout rompre il voudrait s'envoler sortir de sa poitrine se vider de son sang regardez

les artères sont des boyaux d'arrosage qui giclent à la ronde le carnage éclabousse les visages incrédules.

J'ai tiré les leçons qui s'imposaient *si tu ne vaux pas une risée tu ne vaux pas grand-chose* c'était la phrase favorite de ma mère la meilleure des stratégies selon elle pour éviter d'accorder trop d'attention à des personnes qui ne demandent pas mieux

je me suis exercée à faire le contraire il n'était pas question de me fourrer la tête dans le sable me défendre était une option valable mais ce n'était pas la seule il y en avait une plus radicale encore qui exigeait courage et détermination

devenir la meilleure la plus belle la plus mince me charcuter un corps de poupée Barbie

enfant tous les jours je touche les seins de la femme plastique je passe un doigt entre ses cuisses encercle sa taille fine retiens mon souffle rentre mon ventre devant le miroir de la salle de bains je peux y arriver moi aussi arrondir les angles avec une scie en attendant d'avoir des seins l'objectif est de taille 36-24-36 d'ici là j'invente à ma Barbie une vie de femme au travail mes sœurs et moi avons recréé la maison de nos doubles dans la cave la compétition est rude ma sœur Francine a reçu un Ken en cadeau ma mère s'est dit qu'elle pourrait nous le prêter à l'occasion un homme c'est bien assez ma petite sœur n'est pas du même avis et ma Barbie est vicieuse

un jour avant de partir pour l'école j'ai déshabillé son Ken et ma Barbie je les ai couchés un par-dessus l'autre dans le même lit je savais parfaitement ce que je faisais

à quoi pouvaient bien servir tous ces sacrifices sinon

je caresse le corps ferme et lisse de Barbie quand j'ai trop faim pour me donner du courage

chez ma grand-mère paternelle le dimanche je file en douce dans la cuisine après le souper pendant qu'ils écoutent la télé ou jouent aux cartes je rôde autour du comptoir pour voir ce qui reste j'*égalise* la pizza ou la tarte aux bleuets une bouchée ça ne peut pas faire engraisser après tout c'est ma première diète

ma mère est fatiguée de se faire dire que ses filles seraient donc belles si elles n'étaient pas si grassettes elle ne veut pas de cette hérédité-là pour nous *vaut mieux prévenir que guérir*

quand on me surprend j'explique que c'était juste pour dessiner une belle ligne droite avec le couteau c'est plus propre

pour m'encourager à tenir le coup mon père a dessiné un très grand thermomètre que j'ai accroché sur la porte de ma chambre à la vue de tous la technique a du bon le rappel du résultat attendu est constant il est chiffré noté tout en haut du thermomètre plus ça monte plus ça descend

chaque kilo perdu fait grimper le mercure et ma faim

le problème c'est que je n'ai pas de fond c'est ma mère qui le dit je me dépêche de me servir la première je ne goûte pas je suis obsédée j'attends que tout le monde ait terminé pour demander si je peux en prendre encore engloutir vite fait les restants

je ne serai jamais Barbie je le sais déjà je suis grosse de l'intérieur

les autres c'est ce qu'ils voient lorsqu'ils me regardent de proche ou de loin

je ne cadre pas dans la photo.

Comment être sûr qu'on ne fabrique pas les souvenirs qui marquent qui ne nous quittent pas qui remontent du passé comme l'huile qu'on verse dans l'eau et qui flotte à la surface

leur existence est à ce point réelle on y croit forcément on ne peut pas avoir tout inventé

avec les années le scénario se précise de nouveaux détails apparaissent on a besoin de reprendre le même récit sans fin un récit pourtant appris par cœur gravé sur la pierre de l'enfance qu'on porte à son pied comme un boulet.

La grosse blesse le regard elle doit éviter d'être vue se faire discrète

quand on a des bourrelets on ne fait pas exprès pour les montrer ma mère m'a bien élevée je ne porte jamais de vêtements trop serrés je choisis des gilets ou des blouses amples des pantalons à taille élastique je m'assure toujours quand je suis assise que le tissu n'est pas pris dans un de mes plis sans quoi je tire dessus pour avoir l'air de flotter

le plus simple ce serait de ne pas avoir de corps d'être un pur esprit un cerveau une tête pleine

j'ai essayé à dix-neuf ans de boire de l'eau grignoter du céleri manger le moins possible me concentrer sur l'essentiel étudier avaler des pages lire écrire de jour de nuit le ventre creux

ce corps charnu ce n'est pas moi

personne ne pourra m'empêcher de devenir celle que je sens collée à mes os je veux être longue et noire comme Barbara ou la Callas Juliette Gréco Jeanne Moreau une icône admirée admirable une femme qu'on prend en photo en deux dimensions plate aplatie mince comme une feuille de papier je dévore tous les bouquins qui me tombent sous la main littérature philosophie sociologie anthropologie j'ai une volonté à toute épreuve lire pour ne pas manger pour me distinguer mater la bête à n'importe quel prix l'affamer révéler ses os montrer un corps parfait

c'est plutôt raté

ces dernières années on me compare gentiment à Ginette Reno ou à Lise Dion *tu trouves pas que tu lui ressembles un peu* l'une chante avec ses tripes et aurait pu si on en croit la rumeur faire une carrière internationale comme Céline Dion l'autre s'est taillé une place de choix au royaume de l'humour québécois merci pour le compliment il a le mérite de ne pas faire dans la dentelle je devrais être flattée ces grosses ont quand même réussi malgré leur image

leur corps forcément braqué sous les projecteurs
affiché sur les écrans géants elles ont été obligées
de se regarder et d'assumer le regard des autres ce
qu'ils se disent tout bas ou à voix haute voyeurs
attristés ou satisfaits soulagés devant ces femmes
moins-que-parfaites

les autres encore

au fond ce n'est pas leur regard qui tue c'est le
mien

j'ai le regard acéré du boucher qui coupe dans
le gras étale des tranches de moi sur le comptoir
pour en faire de la viande hachée je façonne des
boulettes que je jette dans la poêle à frire avec
beaucoup de beurre c'est mauvais pour la santé
c'est gras ça laisse des coulisses des traînées
d'huile l'odeur s'incruste colle aux vêtements à
la peau traverse les os je ne comprends pas

je déteste la viande
et le goût du sang dans ma bouche.

Depuis que j'ai commencé à écrire ce texte mes nuits sont agitées je raconte mes rêves à mon amie Camille qui m'encourage à les prendre en note mais il n'en reste que des fragments il me faudrait rassembler les morceaux

j'ai peur du résultat

la nuit passée j'ai hurlé pour en sortir j'avais conscience en rêvant d'être dans mon lit où je m'étais réfugiée pour échapper à une menace un tueur un homme ou une bête quelque chose qui voulait s'emparer de moi

prendre possession de mon corps me forcer à le quitter

j'ai vu une ombre s'approcher du lit une tête en suspension avec une chevelure grouillante de serpents une tête sans visage il me semble enfin je ne sais pas je ne l'ai pas regardée soudain je n'étais plus dans mon lit mais sur un champ de bataille la tête était piquée sur un pieu et brandie vers moi pour me pétrifier et m'empêcher de bouger impossible de pousser le moindre cri

c'est toujours la même chose dans les rêves la même incapacité sidérante

cette fois j'ai réussi une force plus grande que moi a soulevé mes entrailles j'ai vomi un cri puissant qui a retenti dans la nuit j'étais terrifiée j'ai pensé aux voisins qui avaient dû m'entendre avant de revenir brusquement à la réalité de mon lit et de ma chambre

mais j'étais incapable d'ouvrir les yeux

une voix pas la mienne celle d'une femme à l'accent rauque peut-être celle de ma mère la voix d'une femme à la tête tranchée c'était bien elle

la Gorgone s'est fait rassurante elle a dit *la Dormeuse doit se réveiller.*

Abattage

Sous le deuxième dessin il y a ces mots
>   *pour Claude*

la dédicace est placée entre guillemets en aparté hors de la représentation deux femmes se partagent la scène deux moitiés d'un même ensemble désunies rassemblées pour la pose le temps d'un cliché l'image Kodacolor de la beauté parfaite et son négatif surexposé

l'une a de longs cheveux blonds un cou allongé et fin comme les bras la taille les jambes un cou si frêle qu'on se demande comment il arrive à supporter la tête une tête qu'on remarque tout de suite avec des yeux d'insecte écartés tirés vers le haut une peau lisse des narines si délicates qu'on en oublie le nez une bouche rouge pulpeuse injectée au Botox affichant un sourire impeccable qui creuse les joues forme de jolies fossettes une vraie splendeur vêtue d'un chemisier rouge cintré plongeant dévoilant une devanture généreuse et affriolante le galbe des seins qu'on devine fermes des mamelons droits comme des gendarmes une ceinture jaune retient ou souligne la taille

on a du mal à y croire comment c'est possible sans corset comment elle fait pour ne pas casser ni manquer d'air

plus bas une jupe bleue évasée et très courte des pieds perchés sur des talons posés dans le vide au centre de la feuille de sorte que la pin up paraît en suspension

l'autre est monochrome disposée à l'avant-plan si bien qu'elle occupe plus d'espace sa laideur est affichée on pourrait dire assumée elle n'a que quelques poils hirsutes sur la tête le visage est souriant des yeux larges expressifs qui regardent devant deux billes noires deux balles peut-être on ne sait pas on a du mal à quitter son regard à s'attarder au reste au double menton aux seins tombants derrière un gilet ample à col rond au pantalon mou comme le gilet qui camoufle ou enrobe les bourrelets la bouche entrouverte ne laisse pas voir ses dents la bouche est un trou d'où la parole pourrait surgir à tout moment

les pieds sont à plat l'appui est solide les bras sont retenus au plus près du corps impossible de les distinguer du tronc légèrement torsionné l'épaule droite est tirée vers l'arrière les mains sont relevées au niveau des hanches à peine écartées du corps signalant du coup l'ouverture l'acquiescement ou la provocation
pour Claude

l'une et l'autre sont prêtes en attente du bruit
clic

à l'inverse des autres dessins celui-ci est daté *LD 19 oct. 86* l'inscription a pâli mais elle est encore lisible

le passage du temps n'a pas su l'effacer.

Quand je regarde des photos de moi à l'adolescence je suis toujours estomaquée de découvrir l'écart qui existe entre mon souvenir et les images elles-mêmes cette fille sur les photos ça ne peut pas être moi c'est une autre une étrangère une qui est plutôt mignonne pas du tout ronde pas même grassette mon corps d'adolescente ou de jeune adulte n'affiche en rien un excédent de poids justifiant les insultes ou l'obligation d'une diète alimentaire

c'est incompréhensible on pourrait croire que j'ai tout inventé que j'ai scénarisé mon passé pourtant non j'ai réellement éprouvé de la honte et du dégoût face à l'enveloppe charnelle héritée de ma famille j'ai détesté chacune de ses particules persuadée d'avoir un corps déformé par l'embonpoint

je m'explique mal le décalage entre la perception d'alors et celle d'aujourd'hui bien sûr il y a le temps

j'imagine la vieille de 80 ans qui n'existe pas encore devant l'image de moi là-maintenant pendant que j'écris ces lignes que se dirait-elle à propos de mon ventre déformé mon profil épais ma face de lune

que ce n'était pas si pire au fond

mon aspect physique se sera-t-il détérioré au point qu'elle envie la *moi* de maintenant

en fait le problème n'est pas là pas dans la photo ni dans le passé ni dans l'avenir il est dans l'œil qui regarde le corps qui le surveille le scrute le fouille l'examine l'ausculte le détaille le réprimande le sermonne l'accuse le déteste le maudit l'exècre l'abomine le dénigre le condamne l'agresse le démolit jour après jour

il faudrait peut-être qu'on m'arrache les yeux pour que je puisse enfin me trouver belle.

La beauté est un concept une représentation mentale abstraite dont les sillons s'enfoncent creux dans le cerveau quelqu'un quelque part à un moment donné dans le temps décrète que ceci que cela pour toutes sortes de raisons qui elles-mêmes sont sans raison évidente sinon qu'elles s'appuient sur un consensus qui est tout sauf objectif des raisons qui s'accordent avec le sens commun

l'évidence quoi

j'ai saisi l'affaire assez tôt j'étais au collégial la prof de psycho a soulevé la question des stéréotypes sexuels un grand pan de la réalité s'est déchiré d'un coup sec l'éclat a failli brûler mes yeux tellement c'était lumineux le flash a frappé dans le fond de la rétine

d'accord je venais de saisir l'idée mais ça n'a rien empêché du tout si la beauté est un truc construit qui évolue par ailleurs dans le temps elle est avant

tout une donnée sociale et culturelle avec laquelle
on doit composer ou *se* composer

les enfants n'ont pas besoin qu'on leur explique ils
comprennent très vite s'ils ont tiré ou non le bon
numéro la loterie génétique est implacable on
pourra toujours leur faire croire ce qu'on voudra
que *l'essentiel est invisible pour les yeux* qu'on ne
voit bien qu'avec le cœur qu'il est toujours possible
d'arranger un peu les choses à l'adolescence avec
les diètes les vêtements le maquillage la coiffure
les soins esthétiques après tout *on ne naît pas belle
on le devient* la réalité c'est qu'il leur faudra travailler fort pour se convaincre de leur valeur

ou jouer à faire semblant
miroir miroir dis-moi que je suis la plus belle

j'ai neuf ans mes deux sœurs huit et sept l'heure
est gravissime *c'est mon tour tasse-toi*

nous nous disputons la place devant le miroir la
formule magique est répétée avec sérieux silence il
va parler le verdict va tomber je retiens mon souffle

chuuuut!

Blanche-Neige a toujours été mon conte préféré j'ai grandi avec la princesse aux cheveux de jais à deux pouces du nez sur le papier peint de ma chambre le matin au réveil je médite devant sa vie de femme en fuite batifolant dans la forêt avec les sept nains la tête entourée d'oiseaux je me demande comment une si gentille fille si belle si parfaite a pu s'attirer les foudres de la reine sa méchante belle-mère qui manigance pour l'éliminer

le miroir bien sûr

un jour il n'a plus donné la bonne réponse la jeune et naïve Blanche-Neige est désormais la plus belle dès lors la fureur de la reine n'a d'égale que son désir de vengeance et le pauvre roi son père qui ne se rend compte de rien aveuglé par son amour

j'ai beau trouver cette histoire injuste en dépit des nains ses fidèles compagnons avec qui elle semble passer du bon temps j'ai saisi le plus important le besoin d'être belle toujours plus belle sinon *la* plus belle est un enjeu qui conduit au meurtre toutes nous sommes en compétition les unes avec les autres

le miroir a répondu vous n'avez pas entendu il a dit que c'était moi je le jure c'est vrai

mes sœurs incrédules demandent au miroir de répéter une voix sortie de mon ventre résonne

c'est toiiiiiii Lynda !

Je suis restée fascinée par les miroirs je passe parfois de longs moments immobile à étudier mon visage à m'épier à me détailler pour avoir l'idée la plus juste et la plus précise possible de ce que *je* suis je veux *voir* avec *leurs* yeux à distance des miens mon visage seulement

pas le reste du corps le tronc j'évite je m'arrange pour ne pas être en sa présence quand je sors de la douche je circule le plus rapidement possible devant le miroir de la salle de bains je ne supporte pas l'étalage de ma chair en position debout

couchée ça peut toujours aller les rondeurs s'aplatissent

une fois il y a un an ou deux je me suis imposé de le faire caméra en main je me suis plantée à poil devant la porte miroir de ma chambre *tu vas te regarder en face* il s'agissait encore d'en finir avec les régimes en essayant une nouvelle manière j'avais une théorie qui méritait d'être testée un corps détesté haï perçu comme un ennemi se comporte comme tel

c'est la même chose avec l'enfant à qui on répète qu'il est un menteur et qui finit par en devenir un pour être conforme à l'image qu'on a de lui

l'affaire était apparemment très simple je n'avais qu'à me persuader que je me trouvais belle attirante sexy pas juste faire semblant

le plus difficile ce n'était pas que ça il me fallait d'abord accepter de me regarder sans tricher sans vêtements sans envie de vomir

jeter un regard aimant sur chacune des parties de mon corps

j'ai enregistré et conservé l'image sur mon iPhone pour me convaincre de ce que j'avais vu la photo était pire encore que la réalité plus crue plus nette plus vraie aussi

je n'aurais qu'à la supprimer d'un *clic* me faire disparaître.

Les miroirs c'est une manie qui ne passe pas une maladie je scrute mon visage dans la glace en espérant découvrir ce à quoi je ressemble vraiment mais c'est toujours une image truquée c'est moi inversée en deux dimensions je n'ai ni épaisseur ni densité vue de face à tout le moins j'évite de me mettre de profil certains miroirs sont carrément déformants du genre à dévoiler ce que le choix des vêtements est censé cacher

quand je me rends dans ma famille à Québec chez l'une ou l'autre de mes sœurs pour le week-end je reviens systématiquement déprimée à propos de mon poids c'est plus fort que moi je me compare et leurs miroirs de salle de bains me donnent l'air d'un mastodonte il ne manquerait plus qu'ils se mettent à parler

c'est comme pour les vêtements ma mère ne ratait pas une occasion de me faire la remarque *ça te va bien du noir ça t'amincit* on apprend vite quand on est grosse il faut user de stratégie mettre en valeur tout ce qu'on peut avec ce qu'on arrive à trouver dans les magasins la mode n'a pas de quartier pour les *XX-Large* on est plutôt limité

quand le morceau fait encore faut-il qu'il nous avantage

j'ai pas l'air trop grosse t'es sûre

on passe et repasse devant le miroir avant de se rendre à l'évidence on regarde le prix on cherche une bonne raison de se convaincre non c'est inutile encore un vêtement qui va rester dans le placard c'est beau sur le mannequin mais pas sur moi

le commentaire de ma mère *il faut pas faire exprès quand même* elle n'a pas tort les vêtements plus amples sont aussi plus confortables qu'on engraisse ou qu'on maigrisse on aura toujours l'air de ne pas avoir de formes

on peut tout de même se rabattre sur autre chose attirer l'attention sur les foulards et les bijoux clinquants le vernis à ongles et le rouge à lèvres je ne suis pas grosse pour rien j'ai de l'appétit et du goût pour ce qui est vivant coloré voyant je résiste à ma façon et puis j'ai un beau visage des traits agréables on me l'a assez répété pour que je finisse par intégrer l'idée *toi t'es belle au moins*

j'avais cette chance j'étais rassurée sur ce point j'étais effectivement avantagée d'après mes parents les moins-que-rien les courailleux les caves les sans-dessein les deux de pique qui manquent de profondeur et d'intelligence la très grande majorité des gars de mon âge en somme aucun d'eux ne risquait de s'intéresser à une grosse comme moi

au moins je n'étais pas grosse pour rien mon excédent de poids avait le mérite d'agir comme un filtre les déchets resteraient coincés dans l'écumoire

un beau visage oui

on me fait systématiquement le compliment au lit je souris pour ne pas pleurer je ravale ma question

et quoi d'autre encore?

Claude est mon premier amant nous apprenons ensemble il est vierge comme moi le plus angoissant ce n'est pas la pénétration il y va doucement je ne saigne même pas la première fois c'est autre chose j'ai peur qu'il n'aime pas ce corps contre lequel je mène une guerre quotidienne je rentre mon ventre quand il me caresse pour le rendre lisse comme les filles de papier glacé tandis qu'un feu de forêt ravage mes entrailles

j'aime le sexe et son odeur les liquides corporels qui collent à la peau et aux draps nous le faisons partout mais pas dans n'importe quelle position debout allongée ou par-derrière je m'arrange pour qu'il ne découvre pas mes plis j'ai sans cesse besoin qu'il me rassure t'es sûre que tu m'aimes comme ça

comme *ça*

comprendre le gros paquet de merde que je suis même pas foutue de maigrir pour de bon il faut voir certaines photos de moi avant et après un régime

c'est ahurissant.

Je suis la championne de la perte de poids en un temps record ma graisse fond comme du beurre à feu vif j'ai une volonté de fer tout le monde le dit et m'applaudit je fais ce qu'il faut pour demeurer sous les projecteurs je m'entraîne tous les jours au PEPS de l'Université Laval je prends des cours de taekwondo je me déplace de chez moi au pavillon De Koninck en vélo la vie est belle la vie est facile je baise avec qui je veux j'use de mon nouveau corps comme d'un vêtement neuf je multiplie les amants sans compter j'ai tout ce qu'il faut pour séduire je n'ai plus qu'à me servir

le buffet ouvert quand on est affamée ça donne des envies de s'empiffrer mais c'est toujours moi la viande servie sur un plateau d'argent

je ne sais pas dire non à la masse des gars qui tout à coup s'intéressent à moi je n'ai pas appris à choisir repousser faire languir dire non tu ne m'intéresses pas chaque fois que je suscite l'intérêt peu importe la valeur du candidat je m'étonne je remercie presque

me voilà enfin soulagée la preuve est là je fais dorénavant partie du troupeau j'ai trouvé ma place dans un enclos déjà bondé peu importe

je suis du bétail de qualité.

L'adaptation à un nouveau corps ce n'est pas du bonbon c'est la surprise chaque fois qu'on aperçoit son reflet dans une vitrine de magasin cette fille-là est-ce vraiment moi la question s'accompagne d'une sensation de vertige on n'occupe plus le même espace le corps s'est délesté de ce qui l'appesantissait c'est à peine s'il laisse des empreintes la densité de l'air est différente la gravité terrestre est ressentie autrement on sent les os de ses fesses quand on s'assoit le contact avec les objets est direct on frissonne au premier coup de vent

impossible de passer inaperçue les hommes nous voient on est à nu il n'y a plus d'endroits où se réfugier pour leur échapper

non perdre du poids n'a rien de réjouissant le verbe *perdre* envoie un signal inquiétant on se demande où est le gain on perd du *poids* de la densité de la matière de la consistance de l'importance face à soi on se perd si bien que le corps se prépare en conséquence

sitôt qu'il a sa chance il passe en mode réserve en vue de la prochaine famine.

Et si mon corps n'avait pas envie de maigrir vraiment ma graisse me tient au chaud j'aime être enveloppée d'une couette de duvet moelleuse me déplacer avec lenteur centrée sur ma respiration méditative dans cette pure absence au monde qui m'apparaît tout à coup comme un mauvais rêve

je pense à ma mère qui a vécu ses dernières années dans une autre forme d'absence à elle-même et aux autres elle avait *baissé les bras* c'était son expression pour excuser son attitude sa façon de ne pas prendre soin de sa santé elle avait assez donné *le sucre il me reste juste ça* elle nous envoyait promener avec sa grosse voix quand on la réprimandait *maman tu devrais faire attention à ce que tu manges tu t'aides pas c'est quoi tu veux mourir c'est ça*

mourir je me dis parfois pour ne plus avoir jamais rien à perdre le médecin a été formel il faut que je perde du poids c'est avant tout une question de santé le résultat des dernières prises de sang est alarmant

vous faites ce qu'on appelle communément du foie gras si vous ne prenez pas les grands moyens c'est la cirrhose dans quelques années

il a insisté il n'est pas trop tard à condition bien sûr que je fasse quelque chose maintenant

quelque chose oui.

Le couteau de boucherie encore une fois

enlever du gras autour des organes c'est mieux avant de faire cuire la viande

j'ai fini de jouer il est temps de désosser l'animal.

Boucherie

Sur le troisième dessin un carnage se prépare une femme d'apparence androgyne la tête complètement chauve une femme monumentale au ventre poussé en avant se dirige vers la ville tandis que de miniatures bonhommes allumettes affolés courent en tous sens entre les jambes de la géante une mare de sang se déverse à grands flots submergeant tout sur son passage

c'est la scène biblique du Déluge annoncé l'origine d'un nouveau monde où la beauté ne serait pas dichotomique où il n'y aurait ni noir ni blanc que des couleurs que des nuances ni haut ni bas ni ciel ni enfer ni bien ni mal un monde appréhendé à travers un mode de pensée différent sans opposition

maître/esclave
homme/femme
riche/pauvre

un monde fondé sur le cercle à partir d'un récit inédit une nouvelle Histoire que des femmes ont entrepris d'écrire et de raconter déjà dans des textes où il est question d'amour du besoin d'aimer et d'être aimée sans rien perdre de sa puissance

je les entends

c'est Anne Sylvestre *me voilà comme une vague / vous ne serez pas noyés* dans sa chanson *Une sorcière comme les autres* ou dans *Gulliverte* la femme qui se ratatine tant et tant avant de retrouver chaque fois sa véritable dimension *grande grande je suis grande / je m'demande / comment vous faire comprendre / que je suis tendre*

c'est Hélène Cixous dans *Le rire de le méduse* qui questionne *qui ne s'est pas, surprise et horrifiée par le remue-ménage fantastique de ses pulsions (car on lui a fait croire qu'une femme bien réglée, normale est d'un calme… divin), accusée d'être monstrueuse? qui, sentant s'agiter une drôle d'envie de chanter, d'écrire, de proférer, bref de faire sortir du neuf, ne s'est pas crue malade?*

c'est Virginie Despentes et sa *King Kong théorie* qui fait tout voler en éclats à propos du féminin

Je suis plutôt King Kong que Kate Moss, comme fille. Je suis ce genre de femme qu'on n'épouse pas, avec qui on ne fait pas d'enfant, je parle de ma place de femme toujours trop tout ce qu'elle est, trop agressive, trop bruyante, trop grosse, trop brutale, trop hirsute, toujours trop virile, me dit-on.

c'est Marilyn French c'est Susan Brownmiller c'est Annie Leclerc c'est Marie Cardinal c'est Denise Boucher c'est Benoîte Groult c'est Nancy Huston c'est Louky Bersianik c'est Annie Ernaux c'est Elena Gianini Belotti c'est George Sand c'est Camille Claudel c'est Lou Andreas-Salomé c'est Virginia Woolf c'est Emily Brontë c'est Anaïs Nin c'est Madame de la Fayette c'est Luce Irigaray c'est Marguerite Duras c'est Nicole Brossard c'est Madeleine Ouellette-Michalska c'est Élise Turcotte c'est Nelly Arcan c'est Marie-Claire Séguin c'est Barbara c'est Anne Hébert c'est Simone de Beauvoir

c'est aussi moi grâce à elles nourrie par elles instruite par leur parole libératrice c'est moi qui saisis très tôt la bataille à livrer qui apprends à réfléchir hors du cadre c'est moi en lutte contre le patriarcat le viol l'excision les inégalités sexuelles l'éducation le couple les relations amoureuses le bloc

monolithique de la pensée dominante construite
sur un socle de terreur à l'égard du féminin

c'est moi à dix-neuf ans qui constate la difficulté
de former un couple et qui écrit un poème dont le
souvenir se résume à ces deux vers qui pourraient
surgir tels des oiseaux de mauvais augure dans le
ciel couvert de cendres du troisième dessin

Je serai seule et grande
Seule et Grande.

J'ai le souvenir d'un autre dessin réalisé à douze ou treize ans avec des crayons Prismacolor une scène réaliste esquissée maladroitement représentant une chatte lovée sur un tapis rond arborant un sourire large

féline triomphante et contente d'elle-même

les mots qui accompagnent l'image ajoutent au sentiment qui se dégage du dessin longtemps punaisé à la porte de ma chambre comme ces affiches slogans à la défense d'une cause ou au service d'une propagande

Lynda la chatte célibataire Vive le célibat

l'entreprise est sans équivoque je suis une ado qui entend faire à sa manière pas question de tomber dans le piège des garçons qui n'ont qu'une idée en tête te frencher te taponner pour se vanter auprès de leurs copains en répandant un tas de rumeurs à ton sujet je connais des filles à qui c'est arrivé je les plains autant que je les déteste en fait non je les jalouse

je suis invisible les gars ne s'intéressent pas à moi mais ça ne m'empêche pas de fabuler sitôt que je crois percevoir le moindre signe un regard une allusion une gentillesse je me construis treize scénarios à la douzaine je rêvasse de longues soirées enfermée dans ma chambre

je m'illusionne et je le sais très bien

à moins d'être un bon gars on n'affiche pas une toutoune à son bras au secondaire mes complices de l'époque Sylvie et Marie-Claude ont trouvé le leur à seize ans elles sont en couple depuis tout ce temps de quoi me faire regretter ma posture de célibataire forcée

j'ai peut-être tout raté

j'ai eu pourtant un premier chum moi aussi un autre Claude avant celui du deuxième dessin avec qui je suis allée à mon bal des finissants j'ai en mémoire la photo prise sur la pelouse en avant de la maison du boulevard Central où nous posons un bracelet de fleurs à mon bras un œillet à sa boutonnière

je porte une robe longue de coton blanche avec une encolure carrée qui ne dévoile pas la poitrine un motif en dentelle recouvre le corsage les manches courtes sont larges et tombantes comme une corolle inversée mes mains sont gantées de blanc et j'ai un châle crocheté vert printemps sur les épaules

il a opté pour l'habit brun de la même couleur que sa Camaro

j'étais sa Juliette lui mon Roméo mon père ne voulait pas que je commence déjà à sortir avec des garçons je le faisais donc en cachette j'éprouvais pour lui un amour romantique intense et impossible nous n'avions rien en commun et il était exclusif jaloux possessif son projet était clair m'épouser dès que possible

j'ai préféré ne pas attendre qu'il fasse sa grande demande il valait mieux qu'on s'arrête là je lui ai donné rendez-vous dans un parc sur la rue Laroche près de l'endroit où se tenaient les réunions de scouts un endroit public pourtant désert cet après-midi-là il pleuvait j'avais emporté avec moi un sac de papier brun rempli de cartes et de cadeaux qu'il m'avait offerts je ne voulais rien garder de lui

il m'attendait sur le terrain de baseball près du bâtiment dans l'abri des joueurs je suis entrée j'ai déposé mon sac il a commencé à m'insulter il était fou de rage je n'allais pas me débarrasser de lui comme ça j'étais la femme de sa vie je finirais par m'en rendre compte coûte que coûte

le ton est monté je ne sais plus ce qu'il a dit pour me pousser jusque-là

je lui ai craché au visage déclenchant une fureur plus grande encore il m'a empoignée au cou m'a couchée sur le banc ses deux mains serraient ma gorge je ne pouvais plus pousser un son ni respirer j'ai vu alors que ses yeux s'étaient révulsés il était ailleurs en un lieu d'où il ne reviendrait pas sans m'entraîner avec lui

à force de me débattre je suis parvenue à soulever son corps qui m'écrasait je me suis enfuie de l'abri il a couru vers moi pour m'empêcher de prendre mon vélo je suis tombée dans la boue il m'a rat-trapée pour me forcer à venir avec lui j'ai couru tant que j'ai pu à peine arrivée chez moi je l'ai trouvé là dans l'entrée il s'est introduit sans frapper il a poussé ma soeur Francine dans les escaliers parce qu'elle voulait l'empêcher d'aller plus loin ma mère a menacé d'appeler la police il est finalement parti en jurant de revenir

mon père a pris l'affaire très au sérieux il m'a traînée jusqu'au poste de police il connaissait un enquêteur là-bas qui s'occuperait bien de moi

empreintes digitales photos des lésions au cou et sur les bras interview précis et détaillé sur l'événement j'avais du mal à m'exprimer je répétais les mêmes mots sans pouvoir terminer mes phrases le choc nerveux avait provoqué une forme de bégaiement incontrôlable je ne comprenais rien à leurs questions

au bout d'une heure il me faudrait tout recommencer

on m'avait confiée au mauvais service non je n'avais pas été victime de viol oui c'était une simple agression physique entre-temps il avait été sommé de se présenter au poste de police il était majeur j'étais mineure je n'avais qu'un mot à dire c'était à moi de décider si je souhaitais ou non porter plainte mon père ne voulait pas me forcer on lui avait fait comprendre que la poursuite risquait d'entraîner plus de dommages en ravivant le souvenir

j'étais muette et terrifiée j'ai acquiescé il valait mieux sortir ce gars-là de ma vie le plus vite possible

on l'a fait venir devant moi pour clore l'affaire

au lieu de promettre de garder la paix il a menacé tout le monde en hurlant que j'étais sous l'emprise de mon père que c'était à cause de lui si j'avais pris la décision de le quitter il a juré qu'il attendrait le jour de mes dix-huit ans mais qu'il reviendrait pour me prendre

pendant deux ans où que j'aille il y avait une Camaro brune qui me suivait

puis ça s'est arrêté d'un coup on m'a dit qu'il avait épousé celle qu'il avait fréquentée avant moi un beau brin de fille un tantinet potelée vêtue comme une carte de mode essentiellement préoccupée par son apparence le genre de greluche sans grande envergure qui émoustille les gars

il avait tout fait pour la dénigrer le temps de nos fréquentations arguant que j'étais ô combien intelligente comparativement à elle

plus belle je ne sais pas

je me demande si elle s'est enrobée avec les années je ne serais pas surprise qu'elle porte du *XX-Large* j'imagine qu'ils sont encore ensemble aujourd'hui qu'ils ont eu des enfants qu'ils habitent un bungalow à Duberger qu'ils ont peut-être un chalet ou une roulotte et qu'ils passeront bientôt leurs hivers en Floride

les miens se déroulent au salon dans le plus grand des silences à lire à écrire des textes pour déterrer des histoires du passé dont le souvenir empêche le présent

quand je ne me bourre pas plutôt la face de chips devant la télé ou la fenêtre en hallucinant l'apparition d'une Camaro brune devant ma porte.

On ne choisit jamais vraiment le célibat il s'impose on apprend à composer avec on jure à qui veut bien l'entendre qu'on est mieux seul que mal accompagné on vante les mérites de sa situation on est libre il n'y a personne dont il faille prendre soin outre soi-même pas de compromis à faire sur la décoration ou le choix du poste de télé sans compter l'espace qu'on gagne dans le lit quant aux longues nuits d'hiver on peut toujours ajouter une couverture de plus pour éviter que du frimas se forme sur les draps

et se rouler en boule en attendant que ça passe

on peut aussi tout mettre en œuvre pour en sortir le plus vite possible les sites de rencontres pullulent d'âmes en peine il y en a pour tous les goûts ma mère avait ce dicton qu'elle répétait quand j'avais le malheur de lui confier ma crainte de ne pas être choisie *chaque torchon trouve sa guenille* c'est cru c'est direct et ça manque terriblement de romantisme je préfère cette autre expression *trouver chaussure à son pied* qui fait davantage rêver et donne des envies de laisser tomber un de ses souliers au bas d'un escalier dans l'espoir qu'un homme en tenue de soirée le ramasse qu'importe le principe est le même il faut savoir prendre son mal en patience et attendre que son tour arrive

et il arrive c'est vrai même pour les grosses

après Claude le Premier à seize ans il y a eu Claude le Second à dix-neuf ans véritable antithèse du premier qui ne doutait de rien surtout pas de son affection pour moi Claude II n'était pas certain de m'aimer sans avoir pour autant le courage de me quitter

il craignait trop d'avoir un jour à le regretter

il me trouvait forte trop forte même surtout intense tellement trop il avait du mal à nommer ses émotions et s'en plaignait m'enviait d'être aussi sûre de moi et de mes sentiments alors qu'il était déchiré en permanence entre l'amour qu'il était censé éprouver pour moi et le désir qu'il continuait de ressentir pour d'autres filles comme il était incapable de prendre quelque décision que ce soit j'ai fini par mettre moi-même un terme à cette relation le martyre avait assez duré on est hors-la-norme ou on ne l'est pas

n'y avait-il pas tout juste à côté un deux trois candidats de couleur qui confirmaient ma marginalité

la tentation était forte d'oser et je l'ai fait

j'ai cessé de me conformer mes fréquentations sont devenues internationales j'ai assumé celle que j'étais en cultivant ma différence du coup mes rondeurs sont devenues juteuses et affriolantes

je suis passée dans le camp des *plottes à nègres*

l'expression populaire désigne ces femmes qui n'ont apparemment d'autre choix que de se rabattre sur les Africains ou les Sud-Américains parce qu'elles ont un gabarit qu'ils apprécient

pour la première fois je n'avais plus à rougir de mon corps et de la générosité de ses formes j'étais désirable personne dans mon entourage n'osait dire quoi que ce soit de désobligeant les plus téméraires manifestaient bien quelques inquiétudes du bout des lèvres être en couple avec un Noir un Arabe ou un Latino ne passe pas inaperçu quelque chose ne va pas ils ne sont pas sincères c'est forcé comment une femme en surpoids peut-elle attirer ces hommes ils en veulent à son argent ou à sa citoyenneté ceci explique cela ils ne peuvent pas en toute bonne foi désirer et baiser un corps à ce point enrobé

pendant des années j'ai cumulé les amants des hommes en provenance des quatre coins de la planète je les ai additionnés à la face des miens il n'était plus question de me soustraire à aucune de mes envies surtout pas avec les hommes de dix ou quinze ans mes cadets les grosses paraissent généralement plus jeunes elles ont la peau du visage parfaitement étirée ça chasse les rides enfin un avantage dont je pouvais profiter

un jour je n'ai plus eu envie de voyager la ronde des amants a cessé j'ai décidé qu'il valait mieux rester à la maison au cas où quelqu'un du coin frapperait à ma porte un Québécois sexagénaire s'est présenté il a claqué le heurtoir à trois reprises et j'ai ouvert il était ému devant mon corps de *jeune* femme le sexe avait un goût différent je découvrais la lenteur et la tendresse cette autre forme d'amour chantée par Brel

oh mon amour mon doux mon tendre mon merveilleux amour

quand son ex-femme de qui il était séparé depuis plus de vingt ans a appris qu'il ne faisait pas que baiser avec moi elle a rappliqué il pouvait offrir son corps à qui il voulait mais pas son amour

leur pacte était ébranlé il avait un choix impossible à faire

elle lui fermerait à jamais sa porte s'il continuait de me fréquenter

c'était à moi de comprendre bien sûr

il me fallait concéder du terrain je n'avais qu'à goûter le moment présent calmer cet appétit qui risquait de le dévorer vivant encore un autre qui n'arrivait pas à passer son chemin en me laissant derrière de peur de rater quelque chose

ne pas être choisie ça peut toujours aller mais se faire violence endosser la position du bourreau et de la victime en simultané faire preuve de ce courage que l'autre n'a pas en provoquant la rupture à sa place c'est cruel et insensé

ça donne la nausée et coupe l'appétit

j'ai migré dans un autre quartier en me promettant que le prochain serait un homme de ma génération un homme libre avec qui vieillir

rien de très palpitant dans ce nouveau programme mais au point où j'en étais

j'ai laissé la porte entrouverte le méchant loup n'aurait même pas à souffler pour faire tomber les murs et s'immiscer à l'intérieur ou bien

c'était un scénario peut-être plus intéressant encore

un chasseur passant par là entendrait mes cris et viendrait à mon secours celui qui s'est finalement pointé dans le vestibule n'avait rien d'un personnage de conte

quand je lui ai parlé de *Gulliverte* et de la peur que je suscite systématiquement chez les hommes à cause de mes envies voraces il s'est moqué sûr de lui

il en avait vu d'autres je pouvais être rassurée sur ce point il était d'attaque pour un gros morceau

une femme intelligente et sensuelle

pour la première fois j'ai pensé que je me trompais peut-être c'était donc possible finalement

être Grande sans être Seule

il m'a fallu écrire un livre pour me remettre de cette relation malsaine jamais mon corps n'a été moins sollicité touché aimé

une nuit il m'a pris de force pendant que je dormais

c'était le plus petit de tous les Lilliputiens en fuite devant la géante aux portes de la ville.

La bonne nouvelle c'est que les grosses comme moi n'ont pas de deuil à faire en vieillissant mon corps n'a rien *perdu* de ces caractéristiques remarquables qui confèrent à la jeunesse de précieux privilèges forcément éphémères il ne les as jamais possédées

je me demande tout de même si je me trouverais aussi grosse si je n'avais pas intégré ce qu'il faut *être* physiquement dans l'espoir tout à fait stéréotypé de trouver *mon* homme

si j'avais par exemple été plutôt attirée par les femmes est-ce que j'aurais échappé à ce conditionnement social

les lesbiennes sont-elles aussi manipulées par l'envie d'être des poupées ou des princesses l'amour entre femmes est-il vécu autrement que dans les contes de fées avec le beau prince qui arrive à la fin pour tout prendre en charge le royaume en prime rien de moins sûr c'est sous-estimé Barbie et ses atours je ne serais pas étonnée qu'on en trouve une nouvelle sur le marché étiquetée LGBT

l'obligation de la beauté n'épargne aucune femme et certains hommes probablement

qui veut rester dans l'ombre

quand même est-ce que quelqu'un quelque part m'oblige à être un pétard à me faire refaire le nez les oreilles la bouche les seins et les petites lèvres de la vulve à porter des bas de nylon ou des talons aiguilles à soigner ma peau avec des crèmes hors de prix à investir la moitié de mon budget en soins esthétiques et en vêtements l'autre moitié en bronzage et en abonnement à un gym

non

je suis libre aussi de m'épiler ou pas c'est à mes risques et périls bien que sur ce point les avis ne soient pas partagés tout le monde est assez d'accord le poil chez la femme c'est pire que la cellulite ou les bourrelets d'autant plus qu'il existe à présent une solution définitive et sans douleur avec le traitement au laser il n'y a plus de rasage de dernière minute en toute vitesse sous la douche avant un premier rendez-vous au cas où les vêtements tomberaient

pour la grosse vieillir a du bon la pression diminue l'envie de plaire est diluée dans la térébenthine

et le corps peut redevenir viande.

Pas besoin d'avoir un corps de déesse pour se faire baiser par un homme il y a toujours des volontaires

quand on voit des prostituées qui paraissent trois fois leur âge ramasser leur lot de clients sur le trottoir on se dit que l'esthétique ne doit pas y être pour grand-chose l'envie sexuelle surgit en bas de la ceinture la stimulation peut venir du cerveau ou des sentiments mais rien ne vaut une allumette jetée dans un fagot de branches sèches

la dernière fois que ça m'est arrivé j'ai eu une vision

il n'y avait rien de sensuel rien d'érotique ni d'excitant dans cette position surtout rien de vraiment confortable au lieu d'être inquiétée par le spectacle forcément dégoûtant des bourrelets que cette posture mettait en évidence en plus du gras de mes cuisses qui devait me donner l'air d'une truie j'ai joui de la situation j'ai repensé à toutes les fois où je m'étais prêtée à cette gymnastique sans jamais prendre de plaisir au bord de la suffocation pour me rentrer le ventre en poussant des gémissements trompeurs

oui oui oui

finis-en qu'on passe à autre chose ferme tes yeux c'est ça concentre-toi sur ta queue

vas-y défonce-moi

l'horreur je me suis vue de l'extérieur comme si je m'étais trouvée debout à côté du lit il pouvait me faire tout ce qu'il voulait je n'y étais plus je n'y serais plus jamais j'avais terminé de jouer à la pute mon corps n'aurait plus à souffrir de ne pas être assez ou trop

j'étais affranchie du sexe à tout prix

ce gars-là a insisté ensuite pour me revoir je n'ai pas compris il voulait remettre ça j'avais eu l'audace de lui dire de stopper les manœuvres pendant le cunnilingus qui était interminable et franchement pas exaltant je ne l'ai pas verbalisé mais je crois qu'il l'a senti il a redoublé d'ardeur convaincu de pouvoir y arriver je lui ai demandé de partir c'était déjà le milieu de la nuit il s'est incrusté en jouant la carte de la tendresse

viens on va dormir en cuillère

c'était encore pire une vraie mascarade la géante était là debout à côté du lit

qu'est-ce que tu attends pour mettre un terme à tout ça

je n'ai pas fermé l'œil de la nuit dès les premières lueurs de l'aube je me suis jetée en bas du lit de peur qu'il se réveille et recommence son petit jeu *laisse-moi faire je vais te faire jouir comme jamais* me débarrasser de lui une fois pour toutes après le petit déjeuner

pendant que je faisais cuire les œufs il est arrivé derrière moi à poil encore tout chaud il a empoigné mes seins m'a susurré à l'oreille *je prendrais bien une petite pipe avec ça*

un chausson aussi

j'ai éclaté d'un rire tonitruant le genre à provoquer une avalanche sa queue est rentrée dans sa niche je n'en revenais pas de ma réaction

je venais de reprendre mon pouvoir.

Carcasse

Le quatrième dessin présente une vision d'horreur on aperçoit en arrière-plan un ciel charbonneux le fusain a été traîné de haut en bas et de bas en haut la noirceur n'est pas opaque un peu de blanc voile et texture la surface

la ville semble recouverte d'une épaisse couche de cendres le volcan est entré en éruption la géante est prise d'assaut par les habitants de la ville qui cherchent à escalader le monstre ils sont des dizaines à se hisser à s'accrocher à ses jambes pour ne pas dégringoler se briser la nuque être piétinés par les autres

elle ne bouge pas elle occupe le centre de la feuille la ville est dans son dos à hauteur de cuisse sa main droite est posée sur la croix de l'église qu'elle pourrait soulever et arracher comme de la mauvaise herbe bien que l'image soit figée on est happé par le mouvement l'agitation la foule en fuite les petits soldats suspendus aux trois cordes fixées à sa ceinture on les sent grouiller comme ces fourmis qu'on a parfois dans les jambes on voudrait les secouer pour chasser cette impression de paralysie le visage grimaçant de la géante s'imprime sous la rétine la peur se répand comme un courant électrique les yeux exorbités les pupilles arrondies grosses comme des boulets de canon la bouche grande ouverte dévoile ses dents et sa langue

on ne respire plus on attend qu'un cri ou des mots montent du ventre traversent la trachée s'exposent au bord des lèvres avant de se jeter en bas

corps suicidés entraînant ceux des assaillants dans une chute définitive.

L'organisme est cerné de toutes parts poussé dans ses derniers retranchements mon foie est mis à rude épreuve je joue à la roulette russe

ça commence avec le début des dernières vacances d'été ça ne veut plus finir l'alcool tous les soirs une bouteille de vin puis la moitié d'une autre j'engloutis pizza pâtes pain pâtisseries fromages charcuterie friture chips réglisse bonbons chocolat crème glacée il n'y a rien pour m'arrêter plus c'est mauvais pour la santé meilleur c'est pour le moral je rattrape le temps perdu avec les régimes je m'engourdis je m'appesantis je gonfle je gonfle je gonfle

d'en haut j'aperçois le désastre

il suffirait de lever le pied stopper l'envahisseur l'écraser avec mes grosses bottes de sept lieues mais je suis tétanisée coulée dans le béton un monument dédié à l'horreur trop tard pour battre en retraite

l'ennemi est aux portes je me prépare à mourir.

D'abord il y a l'excès l'estomac est violenté la peau du ventre est tendue comme un tambour la fermeture éclair menace de céder

les gros mots aux bords des lèvres les insultes comme du vomi

ostie de grosse vache t'es pas tannée de te faire du mal qu'est-ce que tu cherches tu veux éclater

mais il y a pire encore que le mal de cœur

la honte patchée sur la peau c'est elle le poison c'est elle qui prend les commandes ouvre les vannes condamne encourage assassine confirme paralyse broie enterre

la honte est une hache qui s'abat

l'été dernier dans mon journal la trace indubitable du massacre

Séance de compulsion devant une télésérie, une coproduction britannique et française, Tunnel. *J'ai gobé toute la première saison. Les dix épisodes. Affamée. De quoi, je ne sais plus. Peut-être de cette brochette grecque que j'ai fini par commander vers une heure du matin après m'être préparé une copieuse assiette de pâtes fraîches pesto et fromage avalée plus tôt en calant le restant d'une bouteille de rouge. Si je voulais suivre l'enquête jusqu'au bout et pouvoir me coucher en ayant résolu l'affaire, il fallait ouvrir une autre bouteille. Et boire sans manger, ça ne marche pas. Je n'ai rien laissé. Sinon du riz, des patates et un gros morceau de filet mignon parce que franchement, c'était trop.*

une autre nuit

Après le yogourt glacé j'ai encore faim. Je dégèle un plat de lasagne et l'avale. S'il n'était pas si tard, je commanderais du St-Hubert. Il fait clair dehors. J'ai changé d'hémisphère. Comme je n'ai pas l'habitude d'écouter la télé en pleine nuit et qu'il y a bien deux heures que je suis là, je me dis que la lueur que j'aperçois par la fenêtre est forcément celle du couchant. Le calcul n'est pas rassurant. Je touche mon ventre. La graisse reprend sa place sous ma peau. Mon corps s'alourdit. Bientôt je ne pourrai plus le soulever de ce lit.

j'ai perdu la mesure le compte des heures et des calories au lieu de me ressaisir j'appuie sur l'accélérateur pas de retour en arrière possible je fonce tout droit

dans le mur devant on y est

l'*ostie de grosse vache* se meurt d'envie d'expulser sa colère dans un grand flot de phrases détachées rompre les cordons par lesquels l'ennemi grimpe et prolifère comme la peste

je n'aurais qu'à bouger un peu à secouer la jambe pour provoquer la désertion.

J'avais espoir au début de l'automne je me suis dit la reprise du boulot les heures calculées je n'ai qu'à me cramponner installer de saines habitudes je suis capable je l'ai fait tant et tellement de fois dans le passé

tu sais comment t'y prendre un peu d'exercice boire beaucoup d'eau cesser le pain les pâtes l'alcool c'est une question de santé IL FAUT QUE ÇA CESSE TU AS COMPRIS

je redouble d'ardeur au lieu de ralentir en dépit des conséquences que j'envoie balader

je suis parfaitement déréglée je passe mes soirées à boire devant la télé pour calmer mon anxiété le réveil est lent pesant je me tire du lit de plus en plus tard je me change trois fois avant de décider quels vêtements je vais porter j'ai l'air d'une truie quoi que je me mette sur le dos j'arrive au bureau pile à l'heure en courant un jour je risque de passer tout droit et de ne pas aller travailler je vais perdre pied et me jeter dedans

    je me répète la même chose tous les matins

le précipice.

C'était inévitable les collègues ont fini par s'en rendre compte un lundi un peu après l'heure du lunch l'un d'eux m'a aperçue alors que je me dirigeais vers la sortie *il faut que je prenne l'air je vais m'écraser* il m'a ordonné de m'asseoir avant de demander à quelqu'un qui passait d'aller me chercher de l'eau *c'est ça prends le temps de respirer ton cœur ah oui des serrements des engourdissements où ça*

les symptômes sont alarmants il n'y a pas de risque à prendre je supplie *non non ça va passer c'est pas la peine*

je ne contrôle plus rien la machine s'emballe et hop l'ambulance en plein milieu de la journée de travail

spectaculaire

retrouver un souffle normal dormir entre deux batteries de tests la femme médecin au poste ne laisse rien au hasard elle est aux petits soins avec moi son empathie est le meilleur médicament s'il en est un pour me mettre sur la voie de la guérison

vous prenez votre retraite dans combien de temps trois ans ce serait dommage d'avoir travaillé autant et de ne pas pouvoir en profiter pendant encore au moins vingt ans

vingt ans c'est long.

Il y a quelques années je suis allée chez les AA persuadée d'en être moi aussi *bonsoir je m'appelle Lynda et je suis alcoolique* vendredi vingt heures le groupe auquel je me joins tient ses réunions dans un local à l'université c'est l'heure et le jour parfaits je gère autrement les soupers d'amis bien arrosés du vendredi je me joins à eux plus tard quand les bouteilles sont presque vides ils sont au courant ça évite d'avoir à m'inventer des excuses

la plupart s'étonnent ou sont carrément sceptiques *tu penses vraiment que t'es alcoolique*

j'assiste aux réunions j'écoute sans dire un mot sinon pour la prière et les lectures quand c'est mon tour leurs histoires me ramènent à mon insignifiance mes petits malheurs ne sont rien en comparaison je ne vois pas ce que je pourrais raconter ma consommation d'alcool elle-même ne fait pas le poids à moins que ce soit l'excuse toute trouvée pour repousser le moment où je devrai témoigner à mon tour

bonsoir je m'appelle Lynda et je suis alcoolique enfin je pense il me semble c'est sûr que je suis dépendante j'y pense tout le temps quand je commence j'ai du mal à m'arrêter et je ne vois pas pourquoi il faudrait que je m'en passe j'aime tout ce qui est bon sauf la modération ha ha ha j'ai l'impression que j'en ai jamais assez c'est la même chose avec la bouffe d'ailleurs depuis que je viens aux réunions et que j'ai arrêté de boire je mange comme une défoncée je me tape des séances d'hyperphagie intenses résultat je prends du poids ça me fait pas tripper si je fumais au moins peut-être que mon vrai problème se trouve au niveau de la bouche même parler là en ce moment je ne devrais pas je voudrais sceller l'ouverture avec de la colle des points de suture n'importe quoi ce serait tellement plus simple contrôler ce qui sort autant que ce qui entre et pour respirer il me resterait quand même le nez

je l'ai fait j'avais toutes les raisons du monde d'être fière de moi ils m'ont applaudie se sont levés pour me féliciter me réconforter un à un c'était un premier pas important le dernier aussi j'ai manqué une réunion une autre encore à une semaine du premier jeton de trois mois j'ai déserté

j'ai recommencé à boire en me disant que ça calmerait mes envies de dévoration.

La recette des AA j'y pense encore seulement il faudrait aussi que je puisse cesser de manger complètement plus de bouffe plus d'alcool entrer dans une privation complète ne plus rien mettre dans ma bouche pour éloigner de moi toutes les tentations jeûner 40 jours

comme Jésus le Fils de Dieu dans une ultime épreuve où il est conduit dans le désert par le Saint-Esprit pour affronter Satan

moi Fille de chair serais-je ensuite libérée entièrement et pour toujours du Mal?

Début janvier nouvelle crise de panique au travail juste avant une réunion je suis scotchée à mon bureau un stylo dans la main je fais des ronds sur une feuille destinée au bac de récupération des ronds puis des spirales des dizaines de spirales de plus en plus larges qui débordent les unes sur les autres j'appuie de toutes mes forces sur le stylo l'encre traverse le papier le déchire laisse des marques sur le bureau

je ne dis pas un mot quand on s'adresse à moi je suis muette

l'enfant bat des ailes dans la cour les autres forment un cercle autour s'agitent questionnent les collègues sont inquiets

tu devrais prendre congé

je sais qu'ils ont raison j'arrive de plus en plus tard au travail et j'ai du mal à partir en fin de journée surtout le vendredi le corridor entre les zones publique et privée se rétrécit sans cesse ça ne passe plus ça coince ça se referme j'ai peur de rentrer chez moi pas question de prendre congé

je laisse s'échapper quelques mots je serai présente à la réunion qu'on me laisse respirer

et sortir du cercle

une collègue dont je suis plus proche insiste elle veut m'aider je sais c'est gentil mais si j'ouvre la bouche

trop tard je n'ai plus la décence de me taire je me traite de *grosse vache* tout haut si seulement j'arrivais à me contrôler je suis parfaitement déséquilibrée et je ne fais rien pour changer quoi que ce soit à ma situation de femme célibataire qui a cessé d'espérer et qui mange et qui mange

je me punis c'est comme ça j'ai ce que je mérite

des années de thérapie ne sont pas venues à bout de me guérir de moi

il n'y a pas d'issue.

Depuis je suis en congé et j'écris

des poches de résistance sont dispersées çà et là dans la jungle du ventre guettant l'approche de l'occupant

s'organisant en commandos d'attaque

les pages de ce livre sont un lieu d'exil chirurgical

livrer bataille une dernière fois je ne peux plus céder de terrain le pronostic est confirmé

je laisse fondre le mot dans ma bouche
cirrhose.

Vertige

Des oiseaux de proie planent au-dessus de la même ville en contrebas d'une colline très haute la falaise est éclairée par le soleil dont les rayons larges et espacés soulignent la plongée de l'escadron en direction de la cité

si le soleil n'était pas si haut on pourrait croire que c'est l'aube

la géante observe le spectacle à deux pas du vide la pente est raide elle apparaît de profil plus petite son ventre est un caillou rond dur et pesant un geste un mouvement de trop et c'est la chute impossible d'imaginer ce qu'elle a dans la tête mais son corps semble vouloir dire quelque chose le bras ballant le sourcil tombant la moue triste

son immobilité donne le vertige

derrière elle à quelques mètres sur le haut de cette colline rocailleuse des arbres dénudés

l'entrée d'un sous-bois.

Quand j'ai réalisé ce cinquième dessin que je l'ai vu sur ma table de cuisine qui débordait de restants riz chinois poulet sac de chips éventré pots de confiture et de beurre d'arachide boîtes vides de Cherry Blossom j'ai couru à la salle de bains pour me faire vomir

je suis demeurée longtemps prostrée incapable de réfléchir ou de me mouvoir dans un état proche de la catatonie

fœtus avorté sur les dalles froides de céramique

le moment était venu pourtant de bouger j'étais à un pas du vide

il y a un espace de temps dont je ne sais plus rien un hiatus mental pendant lequel mon corps est déserté détaché de la fusée qui l'a propulsé dans l'espace où il entre en état d'apesanteur et amorce son orbite terrestre la seule chose dont je me souvienne c'est la vision de moi debout au centre de la cuisine le téléphone dans une main un grand couteau de cuisine dans l'autre

la pointe appuyée sur l'abdomen

le mien ou celui de la géante je ne pouvais plus faire la différence.

Ce n'est pas mon premier tête-à-tête avec la mort sept ans plus tôt il y a eu les médicaments un gros flacon neuf d'Anacin c'est Janis Joplin qui m'a sauvée

le cérémonial était précis j'avais besoin d'entendre sa voix éraillée brisée par l'alcool la drogue sa voix de femme déchirée par l'intensité de vivre interprétant *Summertime*

pour moi

à répétition

jusqu'à ce que je n'aie plus la force de me lever pour aller déposer l'aiguille du 33 tours au début de la chanson

étais-je alors vraiment prête à mourir

visiblement non mais à vivre oui

plus légère le corps libéré de son poids de haine
envers nous

la géante et moi.

J'ai composé un numéro comme on tombe à genoux une amie de Québec m'avait parlé de sa tante qui vivait en Estrie une psychologue qui venait de faire paraître un livre intitulé *À dix kilos du bonheur* la recette de rêve l'occasion de changer de direction de faire marche arrière

et de m'enfoncer dans la forêt

il y aurait certainement des sentiers des balises je n'allais pas me perdre mais explorer me refaire une santé grâce à la nature qui est pleine d'enseignements pour qui sent bouillonner une femme géante et sauvage en soi

j'ai amorcé une longue thérapie pendant laquelle j'ai continué à dessiner mais le bonheur ne voulait pas quitter l'assiette il pataugeait dans la sauce trempait dans la poutine et la culpabilité

je me persuadais

un jour tu vas maigrir naturellement sans régime
tu n'as qu'à le faire à ton rythme réapprendre à
manger sans commettre d'excès sans te contrôler
non plus

lecontrôlelecontrôlelecontrôlelecontrôle

c'est ça le problème surtout éviter de t'imposer
des restrictions sinon

tu sais ce qui arrive après

oui et ça arrive encore et encore depuis trente ans
la géante se défend chaque fois qu'elle fait l'objet
de restrictions.

Rebelote la dernière année tout est consigné dans mon journal les bonnes résolutions les défaites la liste des démarches qui s'imposent comme si ces inscriptions avaient le pouvoir de me contraindre et la capacité de galvaniser mes forces

ultime rempart contre la tentation de lâcher

13 septembre
Abonnement au gym, me reprendre en main pour vrai arrêter de l'écrire et passer à l'acte question de vie ou de mort, je me répète, c'est du déjà-dit, d'accord, faire comme si c'était la première fois, le début du monde.

5 janvier
Depuis le 20 novembre plus rien, il manque des pages à ce cahier, rien de surprenant, c'est au-dessus de mes forces, bris mécanique, l'engin a déraillé, partir en vélo, à pied, en marchant, oui, éviter de courir, c'est plus risqué, trop risqué, tu te connais, allons bon, on est du même avis, enfin, c'est maintenant ou jamais,

est-ce que tu m'entends, MAINTENANT OU JAMAIS, je sais, pas besoin de hurler, je ne suis pas sourde, je suis… une grosse larve, une grosse vache, une grosse merde, une grosse truie, une grosse guenon, ça te va, c'est assez convaincant j'espère, c'est assez, oui, ça ne peut plus durer.

20 mars
J'ai entrepris une diète aux protéines, c'est coûteux financièrement, mais ça marche, j'ai déjà 12 kilos de perdus, je ne me suis jamais sentie aussi bien, je ne suis pas affamée, les collations m'aident à tenir, il y a du choix au moins, les fruits me manquent mais je pourrai les réintroduire à la phase 2, au rythme où ça va, si je continue à perdre aussi vite, je devrais pouvoir mordre dans un melon d'eau au début de l'été, courage, ma vieille, pense aux vêtements légers que tu vas pouvoir t'acheter, la légèreté, le mot lui-même me donne des envies de planer.

10 octobre
Je viens de me relire, si je pouvais au moins perdre ma trace.

retour à la case départ la marque de Sisyphe collée au front mon ventre comme un caillou trop lourd pour être porté crevé éclaté à répétition emportant des éclats de ma chair au fond d'un abîme sans nom

l'espoir sans cesse renouvelé du corps parfait.

La première chose que j'ai faite le mois dernier au début de mon congé de maladie c'est prendre rendez-vous avec ma thérapeute pour lui annoncer la bonne nouvelle j'allais dorénavant me débrouiller toute seule terminée la thérapie question de tenter une approche différente

le congé me donnerait l'occasion de déprimer à temps plein de couler jusqu'au fond si j'en avais envie

je ne compte plus le nombre de fois où j'ai consulté des psys avec des résultats peu probants il faut bien le dire sinon une plus grande lucidité des outils qui fonctionnent un certain temps avant de descendre monter *re*descendre *re*monter crasher *re*crasher grimper chuter *re*grimper *re*chuter

trente ans et je n'ai pas avancé d'un pas

c'est mieux que d'avoir sauté

avec ma dernière psy je suppute le chemin parcouru l'immobilité n'est pas fixité elle est aussi mouvement

j'ai décidé pour une fois de procéder autrement comme une grande fille finis les jérémiades le noir désespoir *tu veux manger fais-le ma grosse* ça passe ou ça casse il n'y a pas d'expression plus juste pour nommer mon sentiment je risque de toute manière de manquer de temps pour m'en rendre compte la vie se moque éperdument de la mort c'est toujours elle qui triomphe à la fin ceux qui restent pour nous pleurer en savent quelque chose

continuer il n'y a pas d'autre option.

Mon employeur exige que je consulte un psychiatre l'homme a plutôt belle apparence le type méditerranéen grisonnant frisotté barbichette yeux bleus nez aquilin

mais il est surtout très appliqué il me montre des clichés d'imagerie du cerveau des graphiques et des dessins pour m'expliquer ce qui ne va pas dans ma tête j'ai un trouble sévère d'anxiété enfin un diagnostic une bonne excuse pour compulser

votre surconsommation d'alcool remplit une fonction c'est une manière d'automédication qui vous permet en fin de journée de calmer l'anxiété

je suis presque rassurée tout s'explique mon manque de discipline n'est peut-être pas en cause finalement une excellente nouvelle en soi une raison de moins de me taper sur la tête il me semblait bien aussi *le problème c'est le matin*

à qui le dites-vous le cauchemar jour après jour les derniers temps j'arrivais en retard au boulot tellement c'était difficile ce que je craignais a fini par se produire un matin je n'ai pas réussi à me lever je suis restée au lit il a fallu que je prenne congé je me suis dit ça y est c'est le début de la fin je ne pourrai pas continuer longtemps à ce rythme-là j'avais l'impression de peser dix tonnes soulever mon corps du lit m'habiller me préparer à déjeuner m'habiller surtout j'étais vidée avant de partir au travail

c'est l'effet Slinky le corps retrouve son appétit il en redemande il en a besoin sinon l'anxiété réapparaît

besoin d'alcool vous voulez dire non pas au boulot jamais j'oserais je ne suis pas rendue là grâce au ciel il n'est pas question non plus que ça arrive vous savez je suis déjà allée aux AA mais ça n'a pas marché je ne suis pas comme ça une vraie de vraie alcoolique c'est autre chose

vous prenez toujours des antidépresseurs depuis combien d'années non oui je vois dans le dossier changer de sorte pourquoi la dose n'a rien à voir non plus c'est l'alcool le problème l'effet calmant du vin ou de la bière se substitue au médicament de manière temporaire comme vous dites au matin

le serpent se mord la queue on est plutôt mal barré j'avoue existe-t-il des remèdes pour ça une autre pilule quelque chose qui calmerait la bête pour que je reprenne vite mes fonctions je ne peux pas vraiment me permettre de m'absenter trop longtemps non au contraire j'adore mon travail c'est plutôt ça ma crainte quand je ne suis pas au boulot j'ai tendance à me déstructurer c'est là que je bois en fait il n'y a pas que ça depuis l'été dernier je mange aussi je mange comme une défoncée j'ai atteint un niveau record en matière de compulsion alimentaire d'habitude au début de l'automne ça se calme un peu la fin des vacances le retour au travail voyez-vous je n'ai pas le choix de me reprendre en main l'horaire tout ce qu'il y a à faire ça occupe mes pensées du matin au soir ça gruge mon énergie aussi maintenant que j'ai tout mon temps c'est le monde à l'envers les nuits ont pris le pas sur le jour je n'ai plus d'heure pour me lever

alors je peux boire tant que je veux et m'empiffrer aussitôt que la noirceur tombe.

En sortant de son bureau j'ai constaté

la tempête à plein ciel l'alerte météo annoncée depuis deux jours c'était maintenant en pleine heure de pointe ça promettait j'étais moi-même perdue dans un blizzard ma voiture était déjà ensevelie sous trois ou quatre centimètres de neige j'avais peine à y croire ma rencontre avec le psychiatre n'avait pas tourné comme prévu je repartais les mains vides

m'attaquer au toit avant de déblayer le pare-brise où la neige s'accumulait à mesure

il n'y a que deux médicaments possibles trente minutes d'exercice par jour et vingt minutes de méditation vous allez voir l'anxiété va disparaître tranquillement pour l'alcool c'est sûr qu'il faut arrêter tout de suite ça va aider votre foie vous ne l'avez pas ménagé en mélangeant l'alcool et les antidépresseurs

facile
faire de l'exercice et méditer

après la recette de rêve trente ans plus tard
la recette d'enfer.

Je ne pense pas me tromper en prenant la décision de mettre un terme à ma dernière thérapie j'ai agi pour le mieux je ne crois pas pouvoir aller plus loin dans le questionnement l'analyse l'intériorisation du malaise

la solution réside peut-être dans le retrait

prendre congé de tout ce qui est extérieur à la douleur ma faim ma soif cette *chose* qui me bouffe le foie

j'ai quand même fait le bilan avec ma psy c'est un peu grâce à elle si j'ai entrepris des fouilles pour retrouver mes dessins le souvenir de ma géante s'est imposé dès les premières rencontres je lui ai raconté chacun des dessins de mémoire avec précision comme on résume un film

elle a demandé à les voir ça m'a émue jamais un ou une thérapeute ne s'était intéressé à mes hiéroglyphes je les ai exposés fièrement sur la grande table de son bureau elle a tourné longtemps autour sans oser les toucher pendant que je décrivais que j'expliquais j'avais l'impression d'être à la fois couchée sur la civière et debout à côté de la table d'opération en tenue d'hôpital le bonnet le masque les gants de nitrile j'avais tout en main un scalpel et des cotons absorbants pour éponger le sang

j'étais l'infirmière le médecin la patiente

l'intervention chirurgicale était délicate la psy est demeurée silencieuse pour ne pas briser ma concentration le pouls cardiaque n'a pas faibli j'ai recousu moi-même les ouvertures à la fin

elle a suggéré une hypothèse de travail qui n'est pas étrangère à ce texte

ces dessins tu les as faits alors que tu ne pouvais plus écrire mais ils parlent pourtant tu entends ce qu'ils racontent c'est inouï ils sont porteurs d'un message une sorte de message codé qui t'indique peut-être le chemin de la sortie.

Balises

Sixième dessin sitôt qu'elle s'est approchée de la forêt la géante a retrouvé une proportion normale la forme de son ventre suggère qu'elle a été engrossée

l'orée du bois paraît sinistre les arbres sont dénudés dépouillés de leur chair trois feuilles ont résisté se sont accrochées aux branches à leur ossature frêle l'une est toujours verte les deux autres ont des reflets d'or et de feu

la trace d'un oiseau de proie suggérée au loin dans le ciel rappelle la présence d'une menace

la femme tourne le dos à la falaise du dernier dessin

et à la ville à la civilisation

son corps est dense obscur consumé

impossible de faire marche arrière maintenant j'ai les doigts et les mains tachés de fusain je m'en mets partout sur le visage le cou les épaules le ventre les bras les jambes je me traîne dans les cendres refroidies d'un brasier

que j'ai moi-même allumé.

Imaginons un nouveau développement le début d'un autre chapitre comme Henry David Thoreau je m'en irais dans les bois pour *vivre sans hâte, faire face seulement aux faits essentiels de la vie, découvrir ce qu'elle [a] à m'enseigner, afin de ne pas m'apercevoir, à l'heure de ma mort, que je n'[ai] pas vécu* je quitterais la vie en société au profit de la nature et des bêtes libérant la femme civilisée du corset du beau et du laid révélant la part d'insoumission la part sauvage qui persiste qui gronde

lentement je m'approcherais de la lisière de la forêt centrée sur l'essentiel retirant les couches de peau une à une pour parvenir au noyau je déferais les nœuds à mesure j'établirais des plans dresserais des inventaires reprendrais certaines lectures capitales concernant l'histoire de l'humanité le développement des sociétés

je remettrais d'abord en question mon rapport aux hommes le besoin de séduire d'être choisie par l'un d'eux d'être choisie vraiment entre toutes les femmes pour avoir enfin la confirmation que je suis aimable pas dans le sens de gentille

aimable comme dans mangeable acceptable
mon existence certifiée

sinon qu'est-ce qu'on vaut

être aimée n'est-ce pas la seule chose qui compte même s'il faut me ratatiner devenir fourmi ou paillasson accepter l'inacceptable pour éviter d'être seule toujours

je relirais Pierre Bourdieu

La domination masculine, qui constitue les femmes en objets symboliques, dont l'être (esse) *est un être-perçu* (percipi), *a pour effet de les placer dans un état permanent d'insécurité corporelle ou, mieux, de dépendance symbolique : elles existent d'abord par et pour le regard des autres c'est-à-dire en tant qu'objets accueillants, attrayants, disponibles.*

je relirais dix fois ce passage en soupesant le sens de chacun des mots comme autant de clous qu'on enfonce dans la chair des femmes

être-perçu bang
insécurité corporelle bang
dépendance symbolique bang
objets bang

accueillants bang *attrayants* bang *disponibles* bang bang bang bang

pas étonnant que le clou soit aussi bien rivé

j'oserais peut-être enfin la vraie question

et si j'étais grosse pour ne pas être choisie pour ne plus jamais l'être par un homme qui domine sans le savoir ou le vouloir parce que c'est là et que c'est inscrit et que c'est malgré lui que ce n'est pas de sa faute ni de la mienne si j'ai l'impression de ne pas exister autrement qu'à travers ou grâce à son regard

éloigner définitivement les prédateurs ou la tentation de me donner en pâture à qui le veut en devenant laide et difforme

c'est une option
mais c'est encore moi qui en paie le prix.

D'accord je suis grosse mais encore

comme je suis aussi une personne de sexe féminin je me demande

la question se pose et elle est plutôt intéressante

est-ce que les hommes qui sont gros s'en font avec leur apparence est-ce qu'ils ont honte est-ce qu'ils ressentent de la pression comme les femmes qui ne cadrent pas dans les stéréotypes est-ce qu'ils éprouvent du dégoût pour leur corps est-ce qu'ils sont obsédés par leur image est-ce qu'ils craignent d'exposer leur corps pendant l'amour est-ce qu'ils s'inquiètent d'être remplacés par un mâle plus attirant est-ce qu'ils font des régimes à répétition est-ce qu'ils mangent en cachette est-ce qu'ils se soucient des vêtements qu'ils portent pour mieux paraître est-ce qu'ils fuient les plages pour ne pas avoir à montrer leur corps en public

est-ce qu'ils arrivent à se convaincre qu'ils ne sont pas qu'un corps?

Dans un monde sans clivage les grosses n'existeraient pas il n'y aurait que des femmes en chair venir au monde avec un patrimoine génétique qui prédispose à l'embonpoint ne serait pas une condamnation non plus un crime à expier avoir des formes généreuses serait une donnée de la nature comme une autre au même titre que la maigreur

c'est l'essentiel de ma méditation ce matin avant de sauter dans la douche et de constater une fois de plus que je hais ce corps

ou plutôt non
ce que j'en ai fait à force de mépris

je frotte ma peau pour ne pas sentir la grosse malodorante je soulève les plis pour me rincer à fond

ça m'apparaît soudain comme une évidence ça me tord les tripes ça me rend malade d'y penser

et si je faisais erreur depuis le début depuis toujours

depuis ces dessins depuis ce récit en éclats qui piétine qui ne dit pas l'essentiel qui voudrait pourtant qui essaie qui creuse qui cherche qui expose qui taillade ma chair à force d'indécence à force de giclures à force de massacre

la vérité c'est que je suis mon propre bourreau

depuis tout ce temps mon propre bourreau.

J'ai tout confondu

ce pourrait être la première phrase d'un livre abordant l'intimité d'une femme qui fait le bilan à la fin de sa vie étouffée par sa graisse dans un lit immobilisée mais consciente enfin

elle n'épargnerait aucun détail on pourrait suivre pas à pas l'évolution de sa maladie on aurait accès aux documents officiels prouvant hors de tout doute qu'elle n'était pas née avec le virus

l'obésité chez elle est un greffon une excroissance un cancer l'excuse toute trouvée pour ne pas avoir à considérer la vraie question au-delà du féminin et de la pression sociale exercée sur les femmes cette obligation d'être plus-que-parfaite qui rime avec bonheur avec fierté avec succès une tyrannie imposée aux femmes et aux hommes aussi mais d'une autre manière avec des exigences qui diffèrent qui les musclent leur donnent plus de pouvoir encore ce désir profond ce sentiment dont on n'arrive jamais vraiment à se défaire même en se parlant très fort en se raisonnant en constatant le lot de complications et de malheurs cette peste qui se répand dans les écoles les milieux professionnels les familles dans le couple dans le lit

dans mon esprit qui lutte pourtant contre le poison

cette chose détestable qu'on vous enfonce dans la gorge pour vous gaver d'espérances

l'obsession de la perfection
la perfection à tout prix à n'importe quel prix

comme s'il fallait pour se donner le droit d'exister pour être enfin heureux et en paix avoir atteint le plus haut degré de perfection incarner cette perfection en tous points au-dehors comme au-dedans

la perfection est une exigence meurtrière qui empile ses cadavres dans le garage.

À force de me trouver grosse je suis devenue obèse c'est un constat pesant et je ne joue pas avec les mots la prise de conscience est accablante

comme s'il fallait pour se donner le droit d'exister pour être enfin heureux et en paix avoir atteint le plus haut degré de perfection

incarner cette exigence meurtrière en tous points au dehors comme au dedans entasser les cadavres dans un coin du garage

ou dans la chambre à débarras.

La prescription du psychiatre je n'ai pas oublié

la première semaine je coche fièrement toutes les cases exercice méditation pas d'alcool

la deuxième la méditation saute

la troisième j'oublie d'ouvrir mon calepin pour prendre en note les fois où je fais les 30 minutes d'exercice un jour sur deux sur trois ou sur quatre

pour l'alcool je tiens le coup je devrais m'en féliciter après tout c'est déjà ça *tu vois t'es capable*

le cumul des jours des semaines bientôt plus de deux mois en congé j'en fais des piles pour la récupération

je dors comme un ours qu'importe l'heure du coucher je perds systématiquement mes avant-midi quand ce n'est pas une partie de l'après-midi en m'allongeant pour un somme c'est normal on me rassure *t'as besoin de repos profites-en t'es pas en congé maladie pour rien*

je m'efforce de ne pas compter c'est nouveau j'agis comme si le passé pouvait réellement être largué je suis dans les bois pour y rester le temps qu'il faudra avec Thoreau et ce livre à terminer

j'arpente mes sentiers en quête de branches mortes je dégage les troncs pourris j'élague les arbres pour me frayer un passage et me ramasser du bois de chauffage

l'hiver sera peut-être long

je fuis les autres les collègues les discussions de salon les soupers les sorties dans les bars

et quand on s'invite chez moi je me réfugie dans le silence de peur d'alarmer qui que ce soit.

L'amie qui me rend visite soulève la jalousie de bien des femmes pourtant c'est moi qu'elle envie *t'es ben chanceuse d'être dans la marge comme tu dis au moins t'es pas complètement invisible*

je ne comprends pas ce qu'elle veut dire elle est tout sauf invisible la nature l'a bien choyée à l'instant où elle entre dans une pièce les regards se tournent dans sa direction elle est d'accord avec moi sur ce point mais c'est une situation qui comporte tout de même de grands inconvénients elle insiste on ne vous remarque pas nécessairement pour les bonnes raisons

elle croit au contraire que c'est moi qui ai de la veine j'attire l'attention à cause de ce que je dégage c'est au-delà du physique c'est

elle cherche comment dire vante mon audace *t'as du style je t'envie t'as tellement l'air bien dans ton corps*

j'ai dû entendre cette phrase des millions de fois le sous-texte arrache la peau *pour une grosse*

l'amie en question n'a pas une once de trop malgré deux accouchements le genre de femme qui a tout ce qu'il faut objectivement pour séduire les hommes elle ne nie pas elle le sait et s'en plaint

tu peux pas imaginer c'est vrai je te comprends mais je te jure que c'est pas mieux j'en ai plein le cul d'être une paire de seins des jambes des fesses un corps juste un ostie de corps tout le temps wow tout un body *c'est la première chose qu'on voit ou qu'on dit à mon sujet pas juste les hommes les femmes aussi tout le monde pense que je suis une cocotte et que j'ai pas de cervelle parce que je suis dans le stéréotype c'est ça l'ostie de problème le stéréotype moi-même j'y échappe pas ça me pourrit la vie je voudrais tellement m'en foutre de mon apparence je te jure mais je me sens piégée comme une souris qui tourne en rond dans sa cage j'ai pas le choix de rester mince sans ça je disparais du radar pis je disparais tout court*

je me répète sa dernière phrase *je disparais tout court*

je croque dans la pomme tendue par la vieille femme qui vient de s'arrêter devant la maison des sept nains

son contenu amer se dissipe dans ma gorge avant
de glisser vers l'estomac le poison se répand vite
mais j'ai un antidote

le vent vient tout juste de se lever le vent souffle à
pleins poumons

le visage d'une femme se dessine dans les nuages

c'est la méchante Reine
miroir miroir ne suis-je pas la plus belle
cette fois elle ne gagnera pas c'est terminé

le miroir magique se fracture des branches d'arbres
furieuses l'ont fait tomber face contre terre ses
éclats d'eau forment une mosaïque de visages
bigarrés des milliers de femmes apparaissent un
patchwork grouillant de bouches hurlant de rire

ma gorge se desserre mes poumons se remplissent
d'air mon abdomen se soulève et dans l'expira-
tion je le dis à mon amie

le corps n'est qu'une devanture de magasin
le moment est peut-être venu de fermer boutique.

J'évite de penser à la suite à la fin de ce parcours quand tout aura été écrit à propos de ces dessins la boucle se refermera le cycle sera complété je pourrai alors me relire en tremblant avant de me donner

me donner à lire aux autres comme on se débarrasse de soi-même pour créer de l'espace faire place nette

je n'écris pas ce texte dans le but de me raconter je ne cherche pas non plus à témoigner de ma situation de femme aux prises avec un surpoids j'écris pour *dire* la vérité

je n'invente rien c'est comme ça je n'en vois pas l'utilité

je ne *fais* pas de la littérature c'est elle qui me fait me structure me construit m'apprend à vivre c'est à cause d'elle si je m'expose sans tricherie et que je prends tous les risques écrire est un mouvement en forme de spirale chaque cercle chaque livre élargit le précédent on part ou on revient toujours au centre le noyau dur de ce qu'il y a à dire le dénominateur commun entre soi et les autres c'est de ce point nodal que j'écris la raison d'être de ma survivance l'espoir insensé de ne pas être seule à la fin

j'entends déjà les proches qui me liront leur étonnement

ben voyons t'es belle t'es pas si grosse t'habites ton corps comme personne t'as tellement l'air de te foutre de ce que les autres vont penser peut-être que tu le sais pas mais tu respires la liberté

la liberté c'est elle

cette femme sauvage qui squatte en moi qui ne demande jamais de permission qui gratte qui rugit la femme sans concession la femme gourmande qui avale à grandes lampées ce que la vie lui offre qui prend impatiente incapable d'attendre avide de plaisirs et d'intensité la femme sensuelle excitée par les fluides les odeurs du corps qui aime se toucher respirer lécher la cyprine sur ses doigts la femme fatiguée d'être pénétrée la femme de chair la grande tentatrice qui connaît sa puissance et sa force les craintes qu'elle suscite la femme qui ose qui s'affiche qui s'expose qui existe outrageusement

c'est grâce à elle à chacune d'*elles*
que je suis libre.

Je voudrais

être un corps ma propre habitation une belle maison ordonnée accueillante avec un grand salon pour la visite et non pas cet immense débarras auquel on a envie de mettre le feu

je voudrais vidanger toute la merde que j'ai avalée à force de me punir de n'être pas parfaite en mangeant mal et en ne faisant pas d'exercice

maigrir oui mais sans rien perdre

me vider la tête de cette certitude virale de posséder un corps viandeux qui me pourrit l'existence en répandant son gras autour de mes organes

être un corps que j'aime.

Terrier

On imagine l'entrée d'une caverne ou le trou d'une serrure

le septième dessin est presque souriant il y a de la douceur dans le regard de la femme qui se tient à l'entrée de sa maison

elle est chez elle enfin

l'aspect arrondi de la construction rappelle les huttes africaines ou amérindiennes l'espace du dedans semble restreint les contours de son habitat forment une coquille autour d'elle

l'habitacle est colorié avec du pastel rouge

le contraste est saisissant avec le dehors tapissé de gris la végétation est absente le ciel est couvert de traces légères au fusain figurant la fin ou le début du jour peut-être un ciel nuageux aussi ni la maison ni le corps de la géante des autres dessins ne sont démesurés

ils sont au contraire parfaitement arrimés l'un à l'autre

l'espace n'est pas large à l'intérieur mais il est suffisant il l'enveloppe complètement la réconforte à en juger par la posture de son corps incliné nonchalamment vers la droite et ses pieds à plat sur le sol

ce qui étonne c'est cette couleur rouge qui envahit l'espace du dedans

comme s'il s'agissait d'un organe ou d'un ganglion annonçant la maladie.

Je me concentre sur son visage zoome de plus près observe une différence entre les côtés gauche et droit le trait n'est pas le même plus net et franc à droite

la bouche l'œil et le sourcil expriment de l'aplomb

la femme sait ce qui l'attend elle accepte se résigne comme si elle avait fait la paix avec une partie d'elle-même affranchie de la peur

l'autre moitié est floue le fusain a été estompé avec le doigt ou un mouchoir à moins que ce soit accidentel

un voile d'ombre déforme les traits du visage
la femme a pleuré

elle a peur de disparaître
déjà elle a commencé à se dissoudre.

Le mouvement du balancier

tantôt je suis pleine de bonne volonté tout m'apparaît facile il n'y a qu'à écouter mon corps j'ai la chance d'être née dans une région du monde où la nourriture est abondante j'ai assez d'argent pour acheter des aliments de qualité je n'ai qu'à choisir et à me préparer de bons repas tant pis si je suis seule pour les manger mon énergie et ma santé s'en porteront mieux puis le médecin l'a dit mon foie peut encore se réparer

tu ne veux quand même pas mourir Lynda

l'extrémité gauche du balancier touche terre

puisqu'il faut mourir à quoi bon attendre

la face dans la boue j'avale toute la merde que je peux je compulse à fond je fais ce qui est interdit histoire de précipiter l'échéance ce n'est pas la mort elle-même qui est insupportable mais c'est plutôt de vivre comme si elle n'allait jamais se produire.

Je suis dans mon lit j'ai fait mes prières c'est le moment de dormir j'ai beau compter les moutons le carrousel s'emballe dans ma tête

ma mère m'a expliqué ce qui arrive quand quelqu'un meurt il s'en va dans le grand ciel avec Jésus

ce sera la même chose pour moi si je suis assez fine que je termine mon assiette pour ne pas gaspiller la nourriture du bon Dieu que je ne mange pas de sucreries pendant le carême que je fais mon lit que j'aide ma mère que je suis gentille avec mes soeurs mon petit frère que je ne compte jamais de menteries et que je continue de bien étudier à l'école

mais j'ai du temps devant moi pour devenir une bonne fille on ne meurt pas quand on est un enfant c'est pour les vieux j'ai compris ça à moins d'un grand malheur qui ne risque pas de se produire si je prie très fort

ce n'est pas la mort qui m'effraie dans l'enfance mais plutôt cette question obsédante qui me tient éveillée dans mon lit m'oppresse m'étourdit à force de tourner autour du piquet en tirant sur la corde comme la chèvre de monsieur Seguin

qu'est-ce qu'il y avait *avant* je veux dire avant que je naisse dans cette famille dans ce corps où étais-je

dans quel endroit

ma mère dit que je suis trop jeune pour me poser ce genre de questions sans réponse il faut pourtant que je la trouve afin d'échapper aux grandes mains qui m'étranglent sitôt que je plonge sous les draps livrée à la nuit dans la plus parfaite et terrifiante des solitudes

une fois la lumière éteinte je suis happée par le néant

d'où je viens forcément.

Je ne sais pas si c'est parce que je redoute le moment où elle frappera mais je suis réellement hantée par la présence de la mort c'est plus fort que moi je la sens là prête à surgir de l'ombre à tout instant

ça peut arriver d'ailleurs ça arrive même dans les meilleures familles ça finit par arriver un jour ou l'autre quoi qu'on y fasse

me mentir oublier son existence le temps de vivre la mienne en toute insouciance en faisant tout pour être heureuse avant l'heure fatidique je ne peux pas c'est tout

alors je m'invente des maladies

j'ai trop mal à la tête c'est une méningite ou le début d'un anévrisme mes intestins sont douloureux j'ai la maladie de Crohn pire un cancer j'ai

les jambes lourdes et engourdies ma circulation
sanguine est au ralenti une thrombose se prépare

quand je vais consulter je suis déçue qu'on ne
trouve rien si au moins j'étais mourante pour vrai

t'es pareil comme ton père

j'entends ma mère prononcer le verdict

t'es hypocondriaque comme lui

même si elle a raison la conscience ou la lucidité
ne suffisent pas à calmer l'anxiété

je n'ai pas le choix de prendre soin de ce corps
ennemi je guette la moindre de ses défaillances
dès le premier signe avant-coureur l'alarme est
déclenchée branle-bas de combat

c'est que je veux vivre moi !

Vivre

encore faudrait-il

- réunir le corps et l'esprit
- favoriser leur harmonie
- manger raisonnablement
- réapprendre à me nourrir de bons aliments
- cesser de boire de l'alcool sans modération
- exercer un contrôle qui n'en serait pas un
- éviter toute forme d'excès
- faire de l'exercice
- quitter l'arène avant d'être empalée par le taureau fou
- tourner définitivement le dos à la mort

je sais faire des listes mais les prendre en note ne suffit pas.

Cette histoire de cirrhose je n'ai pas très envie de l'écrire la fin est atroce le psychiatre m'a raconté

- la bile s'accumule dans le sang
- l'hypertension de la veine conduit à l'hypertrophie de la rate aux varices de l'œsophage et de l'estomac avec un risque de saignements graves lors des vomissements
- la jaunisse s'installe et provoque des démangeaisons
- les jambes gonflent
- le corps amaigri entraîne l'atrophie musculaire
- les gencives le nez et la peau saignent facilement
- la fatigue intense cause une somnolence diurne excessive et des nuits rongées par l'insomnie
- le comportement devient agité ou agressif
- la concentration est à peu près impossible
- à terme l'écriture et l'élocution deviennent confuses

quand il a eu terminé d'agiter son drapeau noir je lui ai dit que j'avais compris j'ai soulevé ma carcasse et je suis sortie de son bureau avec le désir furieux d'être délivrée.

Cette nuit-là j'ai rêvé

je suis en pause avec des collègues de travail il y a aussi JN sa présence me surprend et me réjouit je le vois peu souvent depuis qu'il a changé de bureau je me rends compte qu'il est déguisé j'enlève une à une les pelures de vêtements qui le couvrent et lui demande s'il est en pyjama en réalité c'est un costume de scène pour la pièce dans laquelle il joue

sauf que personne ne doit le savoir maintenant

je suis inquiète parce que son costume révèle déjà un élément du spectacle j'entends quelqu'un suggérer que c'est peut-être au contraire une bonne façon de faire de la publicité pour la pièce

c'est l'heure de nous mettre au boulot de retourner au travail mais nous restons là ensemble au lieu de nous disperser quelqu'un a initié un jeu on a déposé de petites pierres au fond d'un verre

des cailloux rouges qui semblent avoir des propriétés particulières chacun se passe le verre pour essayer de les boire pour ensuite les recracher

le jeu s'arrête rapidement je suis la seule à serrer les dents je comprends que les autres ont fait circuler le verre sans rien prendre dans leur bouche

ce qui survient ensuite est terrible

pendant qu'ils discutent entre eux les parois de mon larynx vibrent avec intensité provoquent un éboulis une explosion un jet de feu jaillit de mon gosier je pousse de toutes mes forces pour expulser les pierres je crache je crache

il y en a toujours une de prise quelque part entre mes dents

des pierres de plus en plus grosses surgissent de ma bouche des roches en fusion qu'il me faut recracher

une deux quatre six dix vingt pierres

ça ne s'arrêtera donc jamais.

Le même rêve toujours

je dois rejoindre mon ex-belle-famille du Maroc pour les vacances elle habite un immeuble auquel on a accès par une petite porte sur le trottoir il faut avoir une clé que je ne possède plus problème plus grave encore je n'ai pas suivi les autres que j'ai dû quitter le temps d'aller stationner la voiture

première peur ne pas retrouver la porte

deuxième peur me rendre compte que je n'ai pas la clé pour entrer

heureusement un enfant arrive au même moment il va ouvrir et s'introduire je n'aurai qu'à le suivre

derrière moi je sens qu'il y a d'autres personnes

troisième peur ne pas réussir à traverser le passage étroit qui conduit à l'étage supérieur je dois me faire toute petite pour que mon corps pénètre dans le chas de l'aiguille mais je suis trop grosse

les gens s'impatientent je sens leurs mains à plat sur mon fessier je suis coincée mon corps bloque l'ouverture ils ne pourront pas aller plus loin

quand je parviens enfin à me dégager j'ai accès à des couloirs et à d'autres étages certains appartements n'ont pas de porte ils donnent directement dans le couloir on circule de l'un à l'autre sans savoir chez qui on est

quatrième peur comment retrouver la bonne porte

elles sont toutes identiques je fouille dans mon souvenir et m'arrête devant celle que je crois reconnaître enfin la *bonne* porte je suis soulagée j'ouvre

j'aperçois des membres de la grande famille à qui je voudrais parler mais à tout instant il me faut cracher à cause des cailloux qui continuent de s'accumuler dans ma bouche la femme qui siège dans un fauteuil avec une ribambelle d'enfants entourée d'autres femmes est catégorique

je me suis trompée d'appartement

une voix sortie de nulle part se fait entendre elle tente de me rassurer

quand tu auras tout craché ça devrait s'arrêter tout seul

par moments j'ai l'impression que ça y est il ne reste que de la petite gravelle soudain je passe ma langue sur une grosse pierre bien cachée dans le fond de la gencive du bas

d'où sort-elle comment ai-je pu ne pas la sentir alors que je crachais de toutes mes forces pour me vider la bouche

au réveil j'ai ouvert mon journal et j'ai tout noté pour ne rien perdre du sentiment qui m'étreignait je me sentais

si vide

j'ai touché mon ventre pour vérifier s'il était toujours aussi gras

il était plutôt dur et froid
plus rond plus pesant que jamais

j'ai serré les mâchoires pour contenir la bile qui affluait

et j'ai imaginé le boucher en train d'affiler sa lame sur la pierre de mon ventre

impossible à trancher dorénavant.

Ça me semble évident

j'ai le ventre rempli de gros cailloux je glisse vers
le fond

les faire remonter jusqu'à ma bouche
il n'y avait pas d'autre solution.

Noyau

Je pense que je n'ai jamais cessé de croire en Dieu il y a eu des phases plus ou moins intenses d'adhésion ou de rejet face à l'institution religieuse mais la pensée d'un créateur bienveillant qui gardait un œil sur moi m'habitait en permanence

je dialoguais déjà avec lui à 7 ans je m'adressais tantôt au père tantôt à son fils

Jésus avait ma préférence les cours de catéchèse me le rendaient sympathique je pouvais tout lui dire le soir dans mon lit je lui demandais conseil il me répondait nous avions nos secrets

à qui d'autre confier des sentiments dont je ne connaissais pas les noms lui seul pouvait comprendre je n'avais pas besoin d'expliquer il avait fait le sacrifice de sa vie pour nous sauver

de quoi je ne savais pas très bien de la mort ou du péché j'en faisais à la tonne des péchés partout tout le temps j'étais coupable de plaisir ces petites caresses dans ma fente les séances de tortillement avec un toutou entre les cuisses les pâtisseries mangées en cachette la réglisse les biscuits les chips au barbecue les Cracker Jack achetés à la tabagie du coin avec la petite monnaie volée sur la table de cuisine

la liste était interminable

en somme tout ce qui était bon était mal et la conséquence assurément atroce

le bon Dieu va te punir si tu fais pas attention à ce que tu manges tu vas devenir grosse comme matante Bertha

plutôt mourir que de finir mes jours comme matante Bertha immobilisée dans un fauteuil

mon Dieu faites que je ne devienne jamais grosse

et que je ressuscite d'entre les morts avec un autre corps si possible

je vous en prie s'il vous plaît merci amen.

Je tenais aussi des *meetings* au ciel avec Jésus quand il avait le temps sinon je m'adressais aux décédés de ma famille ou aux saints dont je collectionnais les images j'avais toujours une liste de requêtes

toute seule je n'allais jamais m'en sortir

j'avais besoin qu'on intercède pour moi auprès de Dieu afin de réussir un examen ou de régler une chicane ou d'obtenir une permission ou d'avoir un *chum* avant le bal des finissants ou de perdre 10 kilos avant les vacances d'été pour pouvoir porter moi aussi un beau bikini

mais je n'avais pas que des besoins superficiels j'étais pleine de remords en pensant aux enfants du tiers-monde qui manquaient de tout et je priais pour eux

j'étais surtout intarissable de questions

- pourquoi la faim dans le monde
- pourquoi les injustices
- pourquoi la guerre
- pourquoi la jalousie la haine l'envie
- pourquoi la maladie
- pourquoi la pauvreté
- pourquoi la gourmandise

pourquoi mon Dieu cette gourmandise qui me ronge
cet appétit dévorant?

J'ai vite compris que je devais taire ma relation privilégiée avec le divin la parenté me trouvait étrange on était en pleine Révolution tranquille

la grande époque de la contestation du clergé

ma mère ne faisait pas de cas de mes élucubrations à propos de mes échanges avec Jésus elle-même avait eu sa période elle avait été religieuse avant de rencontrer mon père

elle était sortie de la congrégation sans avoir prononcé ses vœux c'était peut-être à moi d'accomplir ce qu'elle avait raté

une idée saugrenue qui l'a bien fait rire le jour où j'ai tout déballé morte d'angoisse

je venais tout de même de me libérer d'un grand poids

mon adolescence a surtout été marquée par une quête éperdue de spiritualité j'en prends la mesure quand je raconte mon passé de jeune charismatique à mes amis

un mouvement relié à l'Église catholique qui soufflait sur les braises de la croyance religieuse espérant que les jeunes qui n'avaient pas connu la mainmise de l'Église sur la société ni les dérapages avérés du clergé joindraient les rangs du Renouveau charismatique

j'ai vécu mon *flower power* à respirer un autre type de boucane que celui de la marijuana

j'avais des illuminations les bras levés au ciel lors des soirées de prière ou des grands rassemblements le genre de choses qu'on ne raconte pas à n'importe qui de peur de passer pour une cinglée

j'étais forcée au silence et à la marginalité toujours

nous étions peu nombreux mais nous étions entre nous j'appartenais à un petit groupe de jeunes qui animaient la messe à gogo du samedi soir c'est dans les églises que j'ai appris à chanter et à faire du spectacle

une fois la semaine nous nous réunissions en soirée pour prier au local de pastorale de la polyvalente où je me terrais quand je n'étais pas en cours je m'y sentais protégée de la masse grouillante des deux mille jeunes qui s'y trouvaient

c'était l'époque des grosses polyvalentes des profs qui fumaient dans les classes et de la drogue qui circulait assez librement

tous les matins avant les cours le prêtre-animateur Jean-Pierre célèbrait une courte messe je récitais en silence une prière que j'avais inventée ou plutôt copiée-collée

avec quelques changements

Notre Père
qui êtes aux cieux
faites que je sois une autre
une qui est populaire auprès des gars
une qui est mince et belle
une qui peut porter des vêtements à la mode
une qu'on ne regarde pas en se moquant

*une qui n'a pas à se dépêcher dans la salle des casiers
une que les gars invitent à danser pendant les slows
une qui a des tas d'amies
une qui pourrait être élue au conseil des élèves
une qui n'aurait pas à se battre quand on l'attaque
une qui n'aurait pas à se réfugier au salon de la pastorale
sous les jupes de la Vierge Marie
la mère de Jésus votre Fils bien-aimé
Amen.*

J'ai toujours eu faim démesurément

de spiritualité autant que du reste.

prier manger baiser écrire
avec la même frénésie en apparence mortifère

c'est là le cœur

le noyau craquelé fendu fêlé
la brèche la faille originelle le gouffre sans fond
du désir

qui m'aspire

c'est maintenant c'est toujours il n'y a pas
il n'y a jamais eu une minute à perdre.

Lors de notre dernière rencontre ma psy a suggéré que je détermine un lieu où je pourrais me réfugier mentalement quand je sens que je suis sur le point de déraper un endroit réel ou inventé qui aurait le pouvoir de calmer mon anxiété

de me protéger de moi-même

un coin douillet dans du coton de la soie une plage où m'étendre

le siège instantané de la quiétude

je n'ai pas eu besoin de fermer les yeux il est apparu au milieu de la pièce

j'ai été projetée plus de quarante ans en arrière aux Éboulements au camp Le Manoir où j'ai séjourné plus d'une fois avec d'autres jeunes charismatiques en été à l'occasion de semaines d'étude de la Bible devant le bâtiment principal il y avait un arbre centenaire au tronc suffisamment large pour que nous puissions être trois ou quatre à nous y adosser

c'était un érable majestueux avec un corps immense

je m'allongeais entre ses racines proéminentes qui sortaient de terre son écorce rugueuse craquelée sous ma paume

j'entrais en moi j'étais lui je réintégrais mon enveloppe de chair j'étais pénétrée de sa force démultipliant mes strates une à une

je pouvais m'apercevoir d'en haut j'étais au-dehors dedans enracinée

un arbre moi aussi.

Un arbre oui

un arbre sans complexe

ma solidité c'est mon tour de taille je suis pleine débordante généreuse accueillante

j'aime quand on me touche même si on ne peut pas m'enserrer m'entourer complètement

mes racines ont la même dimension que certaines de mes branches on dirait des bras musculeux qui fouillent la terre pour prendre appui en profondeur

c'est là que se trouve la partie immergée de l'arbre celle qu'on ne voit pas

l'arbre ne montre pas tout sa nature est indestructible

même quand on l'abat à grands coups de hache.

Huitième et dernier dessin le cycle se termine

la femme flotte dans une mare rouge de gouache son visage couché en direction du ciel est au centre de quatre sphères concentriques qui forment une spirale

sa chair étale des couches d'elle superposées les unes aux autres

à part son visage on n'aperçoit que ses mains qui dépassent du plus grand cercle et deux souliers qui semblent assurer l'équilibre de la structure

l'espace de son corps est ouvert

la spirale n'est pas complète un long fil s'échappe du dernier cercle la femme pourrait partir en vrille n'importe quand lancée comme un yoyo elle se déroulerait et s'enroulerait sur elle-même en suspension dans les airs

son visage est parfaitement rond harmonieux
la peau est lisse le regard est éclairé lumineux
presque

ses yeux sont des flèches

qu'on ne s'y trompe pas elle n'est pas une cible

c'est une femme gigogne

détachez la tête du tronc une autre femme apparaît à peine plus petite ou moins grosse

puis une autre encore
des autres

de plus en plus minuscules bien que protégées par
la stature de toutes celles qui les ont précédées

son calme en dit long
sa rondeur est celle d'une planète.

Je ne sais pas dessiner je n'ai jamais réussi à dépasser la représentation en deux dimensions la perspective le point de fuite c'était trop compliqué et faussement réel

ça n'a pourtant rien empêché pendant des semaines j'ai esquissé des formes à défaut des mots pour exprimer l'innommable

j'avais besoin d'un rempart pour ne pas basculer

comprendre trouver une solution une raison de vivre j'en étais incapable il me fallait m'accrocher seulement

je n'avais pas la patience qu'il faut avec les mots pour guetter leur apparition pour les traquer les débusquer les extirper de leur gangue

supporter leur odeur puante

je me rends à présent compte du danger qu'ils représentent quand on accepte d'ouvrir la cage

les mots s'affolent s'envolent dans toutes les directions au risque de s'éclater la tête sur une vitre

leurrés par la cloison de verre.

Peut-être la poésie est-elle plus proche du dessin du cœur même de l'émotion

je croque le noyau je me brise les dents ou je me désorbite je fuis le centre systématiquement me compose un corps

colossal gribouillage de chair et de fusain je résiste et j'ose à la fin

je me plante devant

                    le miroir sans tain est une fenêtre

qui dévoile la transparence.

Le passé peut-il se réécrire au présent sans rien sacrifier à la vérité qui est elle-même illusoire et évanescente

c'est la seule donnée qui soit immuable

nous inventons

j'invente à mesure le réel se fait ou se défait sous mes yeux je dessine ses contours avec du pastel gras pour m'assurer de son existence puis je remplis les formes avec d'autres couleurs pour ajouter de la densité au vivant à ce qui est vécu et ressenti

là maintenant c'est tout ce que j'ai

et pourtant je rêve.

Je souffle sur les braises d'un feu qui couve depuis la nuit des temps

je fais en sorte que l'incendie se propage

je nourris le brasier avec les livres d'histoire les guerres les héros les contes de fées les magazines de mode la beauté la pornographie le matérialisme le patriarcat la religion le bien le mal

je jette tout je ne garde rien.

Mon ventre enfin éviscéré.

Table des matières

Engraissement 21
Abattage 45
Boucherie 71
Carcasse 99
Vertige 119
Balises 141
Terrier 163
Noyau 185

Lynda Dion a fait parler d'elle pour son roman *Monstera deliciosa*

« Il y a quelque chose de viscéral dans les romans de Lynda Dion. Après *La dévorante* et *La maîtresse*, deux œuvres singulières narrées à la première personne et s'approchant de l'autofiction, l'auteure propose un roman à la troisième personne, mais qui se situe tout autant au fil des émotions et des sentiments. Ça suscite parfois le malaise, mais c'est solide et sans concession. Une voix unique et pertinente. »

Josée Lapointe, *La Presse*

« C'est moins une lamentation qu'un discours lucide et laconique sur les germes de l'échec amoureux, très sobre dans les circonstances. »

Geneviève Tremblay, *Le Devoir*

« Le tout aurait pu paraître barbant, déjà vu. L'écriture chirurgicale de Dion, à couper au couteau, change complètement la donne : quelques phrases seulement par page, quelques mots parfois par phrase. Pas un mot de trop, justement, ce qui donne un impact fort sur chaque élément, chaque événement de ce naufrage amoureux. *Monstera deliciosa*, un des meilleurs livres de 2015? Assurément. C'est le moment ou jamais de reconnaître à Lynda Dion la place qui lui revient dans la littérature québécoise contemporaine. »

Cyril Schreiber, CHYZ 94.3

pour son roman La maîtresse

« D'emblée, nous sommes ici, dans la littérature. À la fois dans l'écriture souveraine, cette coulée de conscience délivrée, non censurée, et dans la confidence intime calculée. La ponctuation a sauté, les barrières aussi, qui séparaient la femme qui écrit, de la Maîtresse du titre. Dans ce « roman de prof » parfaitement assumé, la sincérité est inséparable de la technique littéraire. L'écriture autoréflexive installe un style, c'est irrésistible, on est saisi par le mouvement. Une autofiction, sans doute, où les concours de littérature s'appellent Grand Prix littéraire de la Ville de Sherbrooke. Mais aussi, et surtout, une plongée réussie dans les splendeurs et misères de la création, et leurs lointaines récompenses… »

Louis Hamelin, Grand Prix du livre
de la Ville de Sherbrooke

« C'est en deux temps et deux espaces que se déroule le récit du deuxième roman de Lynda Dion, *La maîtresse*; deux univers qui communiquent et s'entrelacent pour révéler la puissance d'une écriture et l'humilité d'une auteure à ses commencements. »

Maud Lemieux, *La Recrue du mois*

« Deux ans après la parution saluée de *La dévorante*, son premier roman, Lynda Dion affirme son filon et sa voix en publiant *La maîtresse*. Habilement écrit dans un souffle emporté, le récit a son rythme propre et singulier. Les dédales empruntés par l'auteure nous égarent parfois, mais celle-ci tresse au final tous les fils ensemble et boucle son récit avec doigté. »

Karine Tremblay, *La Tribune*

pour son roman *La dévorante*

« Ce qui l'est moins, banal, c'est l'écriture rageuse et lucide, les phrases sans ponctuation, mais disposées en strophes comme en poésie, la douleur qui affleure partout dans ces chapitres divisés en thèmes, telles les pièces d'un casse-tête. Un premier roman prometteur, dur comme un reflet trop cru dans le miroir. »

Annick Duchatel, *Entre les lignes*

« *La dévorante* est un fort joli premier roman sans fausse pudeur et bien maîtrisé, d'une auteure qui a saisi l'essence précieuse de la création littéraire. »

Suzanne Desjardins, *Nuit blanche*

« L'humilité et la sensibilité de l'écriture, l'absence de ponctuation et le rythme efficace du roman servent habilement ce propos sans doute commun porté par une voix singulière et intelligente. »

Marie-Michèle Giguère, *Lettres québécoises*

« Roman à l'écriture emportée, sans ponctuation, présenté sous forme de fragments, qui aboutit à un véritable délire de la phrase, *La dévorante* est une première œuvre alerte, rageuse, rieuse. Un beau coup d'envoi pour la romancière originaire de Québec, qui vit et enseigne dans les Cantons-de-l'Est. Ce roman-guérisseur qui met des mots sur les angoisses existentielles des femmes face au célibat et leur rapport au corps ressemble aux couleurs attrayantes du livre, vert pomme et rose gomme, l'une explosive, l'autre, tendre, tendre, tendre. »

Suzanne Giguère, *Le Devoir*

H
hamac

Au catalogue

Madeleine Allard
Quand le corps cède, nouvelles, 2016

Jean-Pierre April
Histoires centricoises, nouvelles, 2017
Méchantes menteries et vérités vraies, nouvelles, 2015

Nicolas Bertrand
Déjà, roman, 2010

Emmanuel Bouchard
Les faux mouvements, nouvelles, 2017
La même blessure, roman, 2015
Depuis les cendres, roman, 2011
Au passage, nouvelles, 2008

Françoise Bouffière
La Louée, roman, 2009

Véronique Côté et Steve Gagnon
Chaque automne j'ai envie de mourir, secrets, 2012

Geneviève Damas
Histoire d'un bonheur, roman, 2015
Les bonnes manières, nouvelles, 2014
Si tu passes la rivière, roman, 2013

Fanie Demeule
Déterrer les os, roman, 2016

Dominique de Rivaz
Rose Envy, roman, 2015

Camille Deslauriers
Les ovaires, l'hypothalamus et le cœur, nouvelles, 2018

Sarah Desrosiers
Bon chien, roman, 2018

Lynda Dion
Monstera deliciosa, roman, 2015
La Maîtresse, roman, 2013
La Dévorante, roman, 2011

Sinclair Dumontais
La Deuxième Vie de Clara Onyx, roman, 2008

Valérie Forgues
Janvier tous les jours, roman, 2017

Nicholas Giguère
Queues, 2017

Julie Gravel-Richard
Enthéos, roman, 2008

Pierre Gobeil
Splendeurs et misères de l'homme occidental, roman, 2015
L'Hiver à Cape Cod, roman, 2011

Jean-Luc Lagarce
Juste la fin du monde, théâtre, 2016

Marie-Claude Lapalme
Le bleu des rives, nouvelles, 2016

Daniel Leblanc-Poirier
Nouveau système, roman, 2017

Claire Legendre
Making-of, roman, 2017

Hélène Lépine
Un léger désir de rouge, roman, 2012

Stéphane Libertad
La Baleine de parapluie, roman, 2012
La Trajectoire, roman, 2010

Alexis Martin
Camilien Houde, « le p'tit gars de Sainte-Marie », théâtre, 2017

Ricardo Monti
Hôtel Columbus, théâtre, 2018

Maxime Olivier Moutier
L'inextinguible, entretiens, 2018

Anne Peyrouse
Tu ne tueras point, roman, 2018
Passagers de la tourmente, nouvelles, 2013

Maude Poissant
Saccades, nouvelles, 2014

Sina Queyras
Autobiographie de l'enfance, roman, 2016

Éric Simard
Martel en tête, roman, 2017
Le Mouvement naturel des choses, journal, 2013
Être, nouvelles, 2009
Cher Émile, roman épistolaire, 2006

Olivier Sylvestre
noms fictifs, récits, 2017

Vincent Thibault
La Pureté, nouvelles, 2010

Maude Veilleux
Prague, roman, 2016
Le Vertige des insectes, roman, 2014

Entièrement consacré à la fiction,
Hamac propose des textes
profondément humains qui brillent
par leur qualité littéraire.

Si vous avez aimé celui-ci,
nous vous invitons à découvrir
les autres titres de notre catalogue.
Ils vous plairont sûrement.

Pour soumettre un manuscrit ou obtenir plus d'informations,
visitez le site www.hamac.qc.ca

Hamac est dirigé par Éric Simard.

Vente de droits

Mon agent et compagnie
Nickie Athanassi
173 et 183 Carré Curial
73000 Chambéry, France
www.monagentetcompagnie.com
help@monagentetcompagnie.com

Tous les livres de Hamac sont imprimés sur du papier recyclé, traité sans chlore et contenant 100 % de fibres postconsommation. En respectant les forêts, Hamac espère qu'il reste toujours assez d'arbres sur terre pour accrocher des hamacs.

COMPOSÉ EN ARNO PRO CORPS 13
SELON UNE MAQUETTE RÉALISÉE PAR PIERRE-LOUIS CAUCHON
ET ACHEVÉ D'IMPRIMER EN JANVIER 2018
SUR LES PRESSES DE L'IMPRIMERIE MARQUIS
AU QUÉBEC
POUR LE COMPTE DE GILLES HERMAN
ÉDITEUR À L'ENSEIGNE DU SEPTENTRION